FFAIR G

a storiau e

FFAIR GAEAF

a storïau eraill

KATE ROBERTS

GWASG GEE

DINBYCH

Argraffiad Newydd

Ⓗ Gwasg Gee, Mawrth 2000

Argraffwyr a Chyhoeddwyr:
GWASG GEE, DINBYCH

CYFLWYNIR *FFAIR GAEAF*

I

SAUNDERS LEWIS

I'W FAWREDD

FEL DYN

A

LLENOR

Cynnwys

Buddugoliaeth Alaw Jim

Ni ddigwyddasai'r stori hon oni buasai i'r wraig gael y gair cyntaf ar ei gŵr. Yr oedd hynny mor groes i feddyliau Morgan pan ruthrai allan o'r cae rasus milgwn ac Alaw Jim wrth ei sawdl. Nid oedd arno ofn mynd adre heddiw, diolch i Alaw Jim. Gallai roi papur chweugain ar y ford i Ann wneud fel y mynnai ag ef. Gwnâi hynny iawn am iddo esgeuluso ei ddyletswyddau ar hyd yr wythnos. Mwy na hynny, yr oedd Alaw Jim yn dechrau talu amdano'i hun. A phe nad enillasai'r ras heddiw, yr oedd yn werth, ym meddwl Morgan, ei weled yn rhedeg ar hyd y cae, ei ben yn ymestyn ymlaen, ei groen yn tynhau am ei ais, ac yntau'n symud mor llyfn â chwch ar afon.

Ond yr oedd gweld y pen hwnnw'n ymestyn o flaen yr holl bennau eraill ar y terfyn bron yn ormod i ddyn gwag o fwyd fel Morgan. Ail-fyw'r foment honno a wnâi yn awr wrth gerdded adref, a rhôi ei galon yr un tro ag a wnaeth ar y cae. Credai fod rhedeg milgi yn talu'n well na rhoi swllt ar geffyl, er mai â'r arian a enillodd ar geffyl y prynodd y ci hwn. A chau llygad ar yr ochr ariannol am funud, yr oedd mwy o bleser o gadw ci at redeg. Pa werth oedd mewn rhoi swllt ar geffyl ac yntau heb byth weld y ceffyl hwnnw'n rhedeg? Ni châi ei regi pan gollai ei swllt iddo na'i ganmol pan ddeuai â swllt neu ddau i'w boced. Fel yna y teimlai Morgan yn awr ar ôl cael ci. Fel arall y teimlai cyn ei gael. Yr amser hwnnw, yr oedd yn werth rhoi swllt ar geffyl, petai'n rhedeg fel iâr, os oedd ganddo siawns o ddyfod â swllt arall iddo at ei swllt cyntaf.

O'r dydd y dechreuodd chwarae hap ar geffylau, ni pheidiodd â gobeithio y deuai ffortiwn Rockefeller iddo ryw ddiwrnod. Deuai siawns felly ar draws rhai o hyd, a pham na allai Morgan fod yn un ohonynt rywdro? Yr oedd Ann yn dwp hefyd, yn ffaelu gweled hyn, ac yn dannod iddo'i swllt wythnosol ar geffyl, yn lle dal i obeithio fel y gwnâi ef. Wedi'r cyfan, beth oedd swllt allan o arian y dôl, os oedd siawns i wneud i ffwrdd â phob dôl iddo ef am byth wedyn? Yn wir, yr oedd dynion yn dwp. Yr oedd Morgan wedi hen ddiflasu ar y siarad di-ddiwedd yma yng nghyrddau'r di-waith, yn protestio yn erbyn y peth hwn a phrotestio yn erbyn y peth arall a neb heb fod fawr well allan. Dyna oedd yn dda mewn ci. Ni allai siarad, a deuai ei fudandod â mwy o arian na holl siarad cynghorwyr a phobl a oedd am fod yn gynghorwyr.

Trotiai gwrthrych meddyliau Morgan wrth ei ochr, bron cyn ddistawed â chath a'i bawennau'n clecian yn ysgafn ar yr heol galed. Yr oedd ei berchennog, o hir dlodi, yn ddigon ysgafn ei gorff, ond rhygnai ei esgidiau di-sawdl ar y palmant. Yr oedd ganddo gap tyn am ei ben a chrafat am ei wddf, ond nid oedd côt uchaf ganddo. Ni feddai'r un. Ond yr oedd yn berffaith hapus. Daeth i'w feddwl brynu rhywbeth i fynd adref i de. Buasai Ann a Tomi wrth eu bodd. Ond fe dorasai hynny ar gyfanrwydd y papur chweugain. Yr oedd am i Ann gael gweld gwerth Alaw Jim.

Yn 364 Darwin Road, eisteddai Ann a Tomi wrth dewyn

o dân yn y 'rŵm genol'. Yr oedd yr ystafell yn llawn ac yn fyglyd. Crogai dillad glân wedi eu smwddio ar lein o dan y nenfwd, ac yr oedd gwely bach wrth y tân. Yr oedd yn amhosibl ei chadw'n drefnus gan mai hi oedd yr unig ystafell a oedd ganddynt i fyw ynddi er pan osodasant y parlwr. Yr oedd Tomi yn dechrau gwella ar ôl llid yr ysgyfaint, ac yn awr yn eistedd ar y gwely lle y buasai'n gorwedd rhwng byw a marw ychydig wythnosau cyn hynny. Eisteddai'n anniddig gan ysgwyd ei draed, a'i sanau'n dorchau lleicion am ei goesau tenau. Yr oedd ei wyneb yn llwyd a chlytiau melyn hyd-ddo. Ni fedrai Tomi ddeall yn iawn y dymer yr oedd ei fam ynddi'r prynhawn yma. Byth er pan fu'n siarad â Mrs. Ifans a oedd yn byw yn y parlwr, pan âi honno drwodd i'r gegin fach, ni ddywedasai ei fam lawer wrtho, dim ond eistedd wrth y tân a dau lecyn o wrid ar ganol ei dwy rudd. Ni fedrai Tomi ddeall ond ychydig iawn ar bethau y dyddiau hyn. Dyna Mrs. Ifans a'i gŵr yn byw yn y parlwr, ac nid oedd wiw iddo fynd i chwarae cwato a rhedeg rownd y cadeiriau. Mae'n wir nad oedd arno eisiau rhedeg o gwmpas a blinai'n rhwydd iawn. Ac yr oedd arno eisiau'r pethau rhyfeddaf. Y prynhawn yma yr oedd arno eisiau afu, ond efallai y byddai'n well iddo beidio â gofyn i'w fam a hithau mor od, heb wneud dim fel yna ond syllu i'r tân. Fe gawsai Mrs. Ifans y parlwr beth i ginio, a deuai ei wynt atynt hwy i'r rŵm genol wrth iddi ei ffrïo yn y gegin fach. Dyna'r gwaethaf o fyw mewn darn o dŷ, clywent aroglau'r naill y llall. Weithiau byddai'n wynt hyfryd, meddyliai Tomi, ond dro arall ni byddai. Ta pun, yr oedd gwynt yr afu ganol dydd yn hyfryd, ac yr oedd gwanc yn ei stumog amdano. Wrth gwrs, fe fu Tomi'n hoff o deisen. Nid oedd dim a hoffai'n well na mynd gyda'i fam i siop

11

Y Polyn Melyn, ar nos Wener, a gweld yr holl deisennau. Yr un â rhes o jam a hufen ynddi a hoffai Tomi orau, un bum ceiniog y pwys. Ond rywffordd nid oedd ei blas i de dydd Sul lawn cystal â'i golwg nos Wener. Yn awr, nid oedd arno eisiau ei gweld. 'Mofyn afu yr oedd ef. Efallai yr âi ei dad i'w 'mofyn wedi dyfod tua thre.

Dyna fusnes y ci wedyn. Yr oedd hwnnw'n dywyll i Tomi. Dywedasai ei dad wrtho cyn y Nadolig ei fod am brynu ci yn anrheg iddo, a bu yntau'n breuddwydio am gi bach du a gwyn, a blew 'cwrlog', a llygaid crynion. Fe ddantodd yn hollol pan welodd yr hen gi tenau llwyd â'r llygaid meinion a ddaeth. Ni fedrai ci â hen gynffon hir fel hyn ei siglo i ddangos ei fod yn falch. Ond bob yn dipyn daeth Tomi a'r ci yn ffrindiau, nes mentrodd Tomi ofyn i'w dad a gâi ei alw'n 'Pero'. Chwarddodd ei dad a dweud, 'Wyt ti'n meddwl mai rhyw blwmin ci defed wy i'n mynd i redeg? "Alaw Pero", myn diain i, na, wnaiff e mo'r tro o gwbl.' A chwarddodd wedyn. Sylwai Tomi hefyd nad edrychai ei fam byth yn bles pan fyddai Jim o gwmpas. Ond ddim ods. Yr oedd Tomi'n lico Jim, er ei fod yn dilyn ei dad i bobman. Aethant allan gyda'i gilydd ar ôl cinio i rywle, ac yr oeddynt yn aros yn hir. Tybed a fyddai'n well iddo ofyn i'w fam yn awr am yr afu.

'Mam, a gaf i afu?'

Troes ei fam olwg ryfedd arno, ac yna ail droes ei phen at y tân, a'i gwefusau'n symud fel petai hi'n siarad wrthi hi ei hun. Ateb Mrs. Ifans yr oedd. Dim ods iddi hi ym mh'le'r oedd hi'n mynd i brynu hat. Yr oedd pedair blynedd er pan gafodd un. Fe welsai Ann hat fach bert yn siop Mrs. Griffith am ddau ac un-ar-ddeg. Yr oedd siop Mrs. Griffith yn rhy brid iddi fynd yno ar adeg arall; ond pan fyddai sêl, fe ostyngai Mrs. Griffith y prisoedd yn rhyfedd a chwi fyddech yn siŵr o gael bargen. Nid yr un peth â'r Argyle Stores, lle'r oedd pethau'n siêp bob amser. Pan ddywedodd hi hyn wrth Mrs. Ifans, dyma honno'n gwenu'n ffiaidd ac yn dweud: 'Dyna neis ych bod chi'n gallu fforddo mynd i siop Mrs. Griffith. Ond mae'n siŵr ych bod chi'n gwneud yn dda ar y ci'n awr ar ôl gadel y ceffyle.'

Ac i ffwrdd â hi gyda'r ffrimpan a'r afu.

'Dyna dwp own i,' meddyliai Ann wrthi ei hun yn awr, 'na baswn i wedi dweud bod Morgan wedi colli mwy nag y 'nillws e ar geffyle erioed, ac na chafodd e ddim gyda'r ci hyd yn hyn.'

Ond un oedd Ann a allai feddwl am bopeth i'w ddweud wedi'r digwydd. Niwsans yn ei meddwl mewn gwirionedd oedd gorfod cael neb i'r tŷ. Ond dyna! Ni allent fforddo deuddeg swllt yr wythnos o rent, ac o'r tamaid ecstra a gâi am yr ystafelloedd yr oedd hi'n mynd i gael yr hat newydd, cyn i bobl y 'Means Test' ddod i wybod amdano a mynd ag ef. Druan o Mrs. Ifans! Y ci'n wir! Daeth ei chynddaredd yn ôl at ei thenant, ac i orffwys yn ddiweddarach ar Morgan. Fe fyddai'n rhaid iddo werthu Alaw Jim cyn y câi neb eto ddannod iddi mai'r ci a dalai am ei hat newydd.

' 'Rwy'n 'mofyn afu, 'mam.'

Cynyddodd ei llid yn fwy yn erbyn ei gŵr wedi clywed y gri yma. Mi fuasai'n llawer gwell i Morgan roi'r arian a wariai ar y ci i gael tipyn o faeth i Tomi'n awr iddo gryfhau, yn lle bod y bachgen a'r plant eraill heb gael dim ond rhyw de a bara 'menyn o hyd. Penderfynodd fynd i 'mofyn afu gyda pheth o arian yr hat. Fe wnâi les i Mrs. Ifans weld na chafodd hi mo'r hat wedyn. Ac fe gâi Ann, trwy hynny, gnoi cil ar ei haberth.

Pan ddodai ei chôt amdani, clywai Morgan yn dyfod i

13

lawr at gefn y tŷ gan chwibanu ac anwesu Alaw Jim fwy nag erioed wrth gau drws y gegin fach. Fe roes yr olwg hapus ar wyneb Morgan ail fflam yng nghynddaredd Ann, ac yr oedd yr olwg a gafodd Morgan ar wyneb Ann yn ddigon i ddiffodd pob gronyn o frwdfrydedd a'i daliodd rhag cwympo o eisiau bwyd ar y ffordd tua thre.

'Ti a dy hen gi,' oedd geiriau cyntaf Ann, a chyn i Morgan allu casglu ateb at ei gilydd byrlymodd ymlaen:

'Dyma fe'r crwtyn yn llefen am afu a thithe'n gwario d'arian a d'amser ar yr hen gi yna. 'Does dim posib iddo fe gryfhau ar y bwyd mae e'n gael. A dyna plant eraill mas yn yr oerni yn dryched am lo yn yr hen lefel yna, a thithe'n enjoio yn y cae rasus, a phobl yn dannod i fi mod i'n cael dillad newydd ar gefen dy hen gi di.'

Digwyddodd peth rhyfedd yn y fan hon. Yn sydyn, fel fflach, daeth i gof Morgan iddo ennill ar gyfansoddi pedwar pennill i flodyn Llygad y Dydd mewn cwrdd cystadleuol yn y wlad pan oedd yn ddeunaw oed. Yr oedd degau o flynyddoedd oddi ar hynny, a bron gymaint â hynny er y tro diwethaf y daeth y peth i'w gof hefyd. A meddwl mai ei gariad at Ann a'i symbylodd i ysgrifennu'r penillion hynny! Cymerodd ei wraig ei ddistawrwydd yn arwydd o lyfrdra ac o gyfiawnder yr hyn a draethai, ac aeth ymlaen:

'A dishgwl yma,' meddai, 'os na chei di wared yr hen gi yna, mi bodda i e'n hunan.'

Ar hyn dyma sgrech dorcalonnus o gyfeiriad y gwely.

'Na wnewch, 'mam, na wnewch, gwedwch na wnewch chi ddim boddi Jim. 'Dych chi ddim am foddi Jim odych chi, odych chi, 'mam?'

Dihangodd Morgan rhag y fath drueni, ac wrth droi ei

lygaid yn ôl, gwelai Tomi ar lin ei fam a'i ddwylo am ei gwddf yn llefain a gweiddi:

'Gwedwch na wnewch chi ddim.' a hithau'n ei gysuro. 'Dyna fe, dyna fe, na wnaf i ddim.'

Aeth dau wrthrych yr holl helynt i fyny'r bryn, ac un ohonynt wedi ei daro'n ful, ac yn meddwl sut yn y byd y bu iddo gymharu ei wraig â blodyn Llygad y Dydd erioed. Wedi'r digwydd y gallodd yntau gasglu ei feddyliau at ei gilydd a meddwl am yr holl bethau y gallasai eu dweud wrth ei wraig. Daliai'r llall i drotian yn dawel wrth ei ochr.

Yr oedd llwydrew yn yr awyr a chrwybr ysgafn dros wyneb y wlad, nes ei gwneud yn llwyd olau. Deuai aroglau ffrïo cig moch ac wynwyn o dai yr âi Morgan heibio iddynt ar ei ffordd i fyny. Wedi dringo ychydig, eisteddodd ar garreg a throi ei lygaid at y gorllewin. Yno âi'r haul i lawr dros ysgwydd bryncyn. Yr oedd yr olygfa'n un i'w chofio byth. Dyna lle'r oedd yr haul yn belen fawr o liw oren, ei godre o liw oren tywyllach, a'r holl awyr lwyd yn gefndir iddi. Cuddid y tai hyll yn y llwydni. Bob yn un ac un deuai goleuni'r lampau i ddawnsio yn yr heolydd ac yn y tai, ac yr oedd y cwm yn ogoneddus.

Daeth cryndod annwyd dros Morgan a chododd ar ei draed. Daeth heddwch eto'n ôl i'w galon. Yr oedd am fynd tua thre a'r ci gydag ef, a rhoi'r chweugain ar y ford i Ann, hyd yn oed petai'n rhaid iddo redeg allan wedyn.

Y Cwilt

Agorodd y wraig ei llygaid ar ôl cysgu'n dda trwy'r nos. Ceisiai gofio beth oedd yn bod. Yr oedd rhywbeth yn bod, ond am eiliad ni allai gofio beth; megis y bydd dyn weithiau y bore cyntaf ar ôl i rywun annwyl ganddo farw yn y tŷ. Yn raddol, daw i gofio bod corff yn yr ystafell nesaf. Felly Ffebi Williams y bore hwn. Eithr nid marw neb annwyl ganddi oedd y gofid yn ei hisymwybod hi. Yn raddol (os iawn cyfrif graddoldeb mewn gweithred na chymer ond ychydig eiliadau i ddigwydd) daeth i gofio mai dyma'r dydd yr oedd y dodrefn i fynd i ffwrdd i'w gwerthu. Daeth y boen a oedd arni neithiwr yn ôl i bwll ei chalon. Syllodd o'i blaen at y ffenestr gan geisio peidio â meddwl. Yna, troes ei phen at ei gŵr. Yr oedd ef yn cysgu a chodai ei fwstas yn rheolaidd wrth i'w anadl daro ar ei wefus uchaf. Yr oedd o dan ei lygaid yn las a'i wyneb yn welw, ac edrychai am funud fel petai wedi marw. Syllodd hi arno ef yn hir, a thrwy hir syllu gallodd ei dynnu i ddeffro. Edrychai John yn ffwndrus ar ôl agor ei lygaid. Yr oedd glas ei lygaid yn ddisglair a gwenodd ar ei wraig, fel petai'n mynd i ddweud ei freuddwyd wrthi. Eithr rhoes ei ddwylo dan ei ben ac edrychodd o'i flaen at y ffenestr. Bu'r ddau'n hir heb ddweud dim.

16

' 'Waeth inni heb na phendwmpian ddim,' meddai ef toc, gan godi ar ei eistedd.

'Na waeth,' meddai hithau, heb wneud yr un osgo i godi.

' 'Waeth inni godi ddim.'

'Na waeth.'

'Codi fydd raid inni.'

'Ia.'

Gan mai'r wraig a godai gyntaf bob dydd, disgwyliai John Williams iddi wneud hynny heddiw. Eithr daliai hi i orwedd mor llonydd â darn o farmor.

Toc, tybiodd ef y byddai'n well iddo godi. Byddai'r cludwyr yno yn ôl y dodrefn yn fuan. Cododd a gwisgodd amdano'n araf, gan edrych allan drwy'r ffenestr wrth gau ei fotymau. Ni ofynnodd i'w wraig pam na chodai hi.

Wedi iddo fynd i lawr y grisiau, daliai Ffebi Williams i syllu drwy'r ffenestr at yr awyr a orweddai ar orwelion ei hymwybyddiaeth. Ni chofiai fore ers llawer o flynydd-oedd pan gâi orwedd yn ei gwely a syllu'n ddiog ar yr awyr pan fyddai ei meddwl yn wag a'r awyr yn llenwi ei holl ymwybod. Heddiw, nid oedd ond yr un peth ar ei meddwl, sef y ffaith bod ei phriod wedi torri yn y busnes, a bod eu holl ddodrefn, ag eithrio'r ychydig bethau oedd yn hollol angenrheidiol iddynt, yn mynd i'w gwerthu. Hyn a fu ar ei meddwl hi a'i gŵr ers misoedd bellach, ym mhob agwedd arno. Meddyliasai'r ddau gymaint am yr holl agweddau arno, fel nad arhosai dim ond y ffaith noeth i drosi yn eu meddyliau erbyn hyn.

Flynyddoedd maith yn ôl, yn nyddiau cyntaf eu hantur, yr oedd ar Ffebi Williams ofn i ddiwrnod fel hwn wawrio arni. Fe freuddwydiodd lawer gwaith y gwnâi, ac ni faliasai lawer pe gwnelai. Yr oedd rhyw ysbryd rhyfygus ynddi y pryd hwnnw. Nid oedd dim gwahaniaeth ganddi pe collasai'r holl fyd. Yr oedd hi a'i gŵr wedi plymio i'r dŵr, ac yr oedd yn rhaid nofio. Pan oedd llifogydd weithiau o'u tu ac weithiau yn eu herbyn, yr oedd yn hawdd taflu pryderon i ffwrdd. Yr oeddynt yn ormod i ddechrau poeni yn eu cylch.

Eithr llwyddodd y busnes, ac wrth iddo gerdded yn ei bwysau, ciliodd yr ofnau cyntaf. Cafwyd blynyddoedd fel hyn. Modd bynnag, ychydig flynyddoedd yn ôl dechreuodd pethau fynd ar y goriwaered. Tua blwyddyn yn ôl, yr oeddynt yn sicr eu bod yn mynd i lawr yr allt yn gyflym aruthrol. Yr oedd y braw o ddeall hynny fel clywed bod câr agos yn wael heb obaith gwella. Ar ôl y sioc gyntaf, yr oedd hithau wedi derbyn ei thynged yn dawel, yr un fath ag y derbynnir marw'r dyn gwael. Ond a oedd hi'n ei derbyn yn dawel? Methodd godi heddiw. Gwendid neu ystyfnigrwydd oedd hynny. Ni wyddai pa'r un. Dechreuodd achosion eu torri droi yn ei hymennydd eto, fel y gwnaethai ar hyd y misoedd. Siopau'r hen gwmnïau mawr yna tua'r dre oedd y drwg, yn gwerthu bwydydd rhad a'u cario erbyn hyn ddwywaith yr wythnos at ddrysau tai pobl. Mor ffiaidd oedd hi arni hi a'i gŵr a roes goel i'r bobl hyn ar hyd y blynyddoedd, a'u gweld yn talu ar law i bobl y faniau. Fe obeithiasai hi lawer gwaith y caent wenwyn wrth fwyta'r hen fwydydd tuniau rhad, ac y caent blorod hyd eu hwynebau. Mor falch ydoedd unwaith o ddarllen i un o'r cwmnïau mawr yma gael ei ffeinio oblegid i rywun gael gwenwyn.

Yr oedd hi a'i gŵr wedi mynd yn rhy hen i ymladd erbyn hyn. Dyna'r gwir. Ac ni allai hi, beth bynnag, ymostwng i'w thynged. Nid oedd colli'r holl fyd mor hawdd ag y tybiai hi gynt yn ei hieuenctid. Nid peth ysgafn oedd ymwacáu a mynd ymlaen wedyn. Yr oedd damcaniaeth yr

18

ymwacâd yn iawn fel damcaniaeth, rhywbeth i ddynion
segur ddadlau arni. 'Ond treiwch hi,' meddai Ffebi Williams
wrthi ei hun bore heddiw. Yr oedd ei gafael yn dynnach
nag erioed mewn pethau. Cofiai'r holl storïau a glywsai hi
erioed am gybyddion yn marw, a'u gafael yn dynnach nag
erioed ar y byd yr oedd yn rhaid iddynt ei adael. Gallai
ddeall rhywfaint arnynt heddiw. Ni allasai erioed o'r blaen.
Digon hawdd oedd iddi hi a phob pregethwr a bregethodd
erioed ar y gŵr ifanc goludog a aeth ymaith yn athrist,
sôn a meddwl bod colli'n beth hawdd. Yn ystod ei bywyd
hi a'i gŵr yn y busnes fe deimlodd lawer gwaith fod y byd
yn mynd i ddisgyn am ei phen. Cilio oddi wrthi yr oedd y
byd heddiw a'i gadael hithau ar ôl.

Clywai sŵn tincian llestri yn y gegin, a daeth ei meddwl
am funud at ei hangen presennol — bwyd. Yna cofiodd fel
y dywedodd ei gŵr fod yn rhaid gwerthu *popeth* ond yr
ychydig bethau y byddai eu hangen arnynt, er mwyn talu
cymaint ag oedd yn bosibl o'u dyledion. Cydolygai hithau
ar y foment — moment o gynhyrfiad mae'n wir. Ond ar
foment o gynhyrfiad y gorfyddir ar rywun benderfynu'n
sydyn bob amser. Erbyn hyn buasai'n well ganddi petai'n
gorfod gwerthu'r pethau angenrheidiol a chadw'r pethau
amheuthun. Y pethau amheuthun a roesai iddi bleser wrth
eu prynu; pethau nad oedd yn rhaid iddi eu cael, ond
pethau a garai ac a brynai o flwyddyn i flwyddyn fel y
cynyddai eu helw — cadair esmwyth, hen gist, cloc, neu
ornament.

Yna daeth adeg o gynilo a stop ar hynny. Dim arian i
brynu dim. Byw ar hen bethau. Aros gartref.

Ond rywdro, wedi iddynt ddechrau mynd ar i lawr, fe
aeth i siou efo'i gŵr, am ei bod yn ddiwrnod braf yn yr
haf, a hwythau heb obaith cael mynd oddi cartref am

19

wyliau. Er bod tywydd braf yn codi dyhead ynddi am ddillad newydd, eto fe godai ei hysbryd hefyd. Os oedd haul yn dangos cochni hen ddillad, fe gynhesai ei chalon er hynny. Cyfarfu â hen ffrind yn y siou yn edrych yn llewyrchus iawn, yn gwisgo dillad sidan ysgafn o'r ffasiwn ddiweddaraf, a hithau, Ffebi, yn gwisgo ei siwt deirblwydd oed.

'O, Ffebi, mae'n dda gen i'ch gweld chi,' meddai'r ffrind, ac yr oedd dylanwad yr haul ar galon Ffebi yn gwneud iddi hithau deimlo'r un fath.

'Wyddoch chi be'?' meddai'r ffrind, 'mae yna gwiltiau digon o ryfeddod ar y stondin acw. Dowch i'w gweld.'

A gafaelodd yn ei braich a'i thynnu at yno.

Yno fe gafodd Ffebi demtasiwn fwyaf cyfnod ei chynilo, a bu'n ymgodymu â hi fel petai'n ymladd brwydr â'i gelyn. Yr oedd yno wlanenni a chwiltiau heirdd, ac yn eu canol un cwilt a dynnai ddŵr o ddannedd pawb. Gafaelai pob gwraig ynddo a'i fodio wrth fyned heibio a thaflu golwg hiraethlon arno wrth ei adael. Cwilt o wlanen wen dew ydoedd, a rhesi ar hyd-ddo, rhesi o bob lliwiau, glas a gwyrdd, melyn a choch, a'r rhesi, nid yn unionsyth, ond yn gwafrio. Yr oedd ei ridens yn drwchus ac yn braw o drwch a gwead clòs y wlanen. Daeth awydd ar Ffebi ei brynu, a pho fwyaf yr ystyriai ei thlodi, mwyaf yn y byd y cynyddai ei hawydd.

'Ond 'tydi o'n dlws?' ebe'r ffrind.

Ni ddywedodd Ffebi air, ond sefyll yn syn. Gadawodd ei ffrind heb ddweud gair ac aeth i chwilio am ei gŵr. Eglurodd iddo fod arni eisiau arian i brynu'r cwilt ar unwaith, rhag ofn i rywun arall ei brynu. Edrychai ei gŵr yn anfodlon er na ddywedai ddim. Ped edrychasai fel hyn yn yr hen amser, pan oedd ganddynt ddigon o arian, buasai'n ddigon iddi beidio â phrynu'r cwilt. Yr oedd ei dyhead heddiw, dyhead gwraig ar dranc, yn drech nag unrhyw deimlad arall. Cafodd yr arian a phrynodd y cwilt. Wedi myned ag ef adref, rhoes ef ar y gwely, a theimlodd ef ar ei hwyneb er mwyn cael syniad o'i deimlad. Bron na hiraethai am y gaeaf. Cofiodd 'rŵan fod y cwilt yn y gist yn barod i'w werthu, a daeth iddi ddyhead cyn gryfed am ei gadw ag oedd iddi am ei brynu. Penderfynodd na châi'r cwilt, beth bynnag, fynd i'r ocsiwn.

Ar hynny, daeth ei gŵr i'r ystafell â dau hambwrdd ganddo. Peth amheuthun hollol iddi oedd brecwast yn ei gwely, ond fe'i cymerai'n ganiataol heddiw, ac ymddygai ei gŵr fel petai'n hollol gynefin â dyfod â brecwast i'w gwely iddi.

Cododd ar ei heistedd, y symudiad cyntaf o eiddo ei chorff er pan aethai ei gŵr i lawr y grisiau, ac eisteddodd yntau ar draed y gwely. Ni allai'r un o'r ddau siarad fawr. Yn wir, daeth newid rhyfedd drosti hi. Yr oedd y te'n boeth ac yn dda, a charai ei glywed yn mynd drwy ei chorn gwddw ac i lawr ei brest yn gynnes. Yr oedd y bara menyn yn dda hefyd, a'r frechdan yn denau. Trôi ef ar ei thafod a chnôi ef yn hir. Edrychodd ar ei gŵr.

'Mae o'n dda,' meddai hi.

'Ydi,' meddai yntau, 'mae o. Ro'n i'n meddwl mod i wedi torri gormod o fara menyn ond 'dydw i ddim yn meddwl 'mod i.'

'Nag ydach,' meddai hithau, gan edrych ar y plât.

Teimlai Ffebi wrth fwyta yn rhyfeddol o hapus. Yr oedd yn hapus am fod ei gŵr yn eistedd ar draed y gwely. Ni chawsai hamdden erioed yn y busnes i eistedd a bwyta'i brecwast felly. Hwi ras oedd hi o hyd. Rhyfedd mai heddiw o bob diwrnod y caent yr hamdden. Yr oedd yn hapus

21

wrth fwyta'r bwyd hefyd, clywed ei flas yn well nag y clywodd ef erioed, er nad oedd ddim ond bara menyn a the. Medrodd ymddihatru oddi wrth y meddyliau a'i blinai cyn i'w gŵr ddyfod i fyny, a theimlo fel y tybiodd flynyddoedd maith yn ôl y gallai deimlo wedi colli popeth. Nid oedd yn malio am funud beth bynnag, a theimlai fod holl hapusrwydd ei bywyd wedi ei grynhoi i'r munudau hynny o fwyta'i brecwast. Teimlai fel pe na buasai amser o'i flaen nac ar ei ôl. Nid oedd ddoe nac yfory mewn bod. Hwnnw oedd Y Presennol Mawr. Ac eto beth oedd bywyd ar ei hyd ond meddwl am yfory? Ni buasai eisiau i neb fynd i waith nac i fusnes oni bai fod yfory mewn bod. Ond nid oedd yn bod 'rŵan, beth bynnag, i Ffebi Williams. Cafodd oruchafiaeth ar ei gofid yn yr ychydig funudau gogoneddus hynny.

Dyma sŵn men fodur drom wrth y llidiart. 'Dyna hi wedi dwad,' ebe John, a chymerodd y ddau hambwrdd ar frys a rhuthro i lawr y grisiau. Gorweddodd hithau'n ôl gan lithro i'r un syrthni ag o'r blaen. Clywai'r drysau'n agor a sŵn traed yn cerdded. Yr oedd sŵn symud i'w glywed ym mhobman hyd y tŷ ar unwaith fel y bydd mudwyr dodrefn. Traed y dodrefn yn rhygnu ar hyd y llawr a chadeiriau'n taro yn ei gilydd. Ymhen eiliad dyma sŵn traed yn rhedeg i fyny'r grisiau a'u perchnogion yn chwibanu'n braf. I mewn â hwy i'r ystafell nesaf. Y gwely'n gwichian yn y fan honno wedyn. Neidiodd Ffebi Williams allan o'i gwely ac i'r gist. Tynnodd y cwilt allan ac aeth yn ôl efo fo i'r gwely ac eistedd. Lapiodd ef amdani gan ei roi dros ei phen. Gallai ei gweled ei hun yn nrych y bwrdd a safai yn y gongl.

Yr oedd fel hen wrach, y cwilt yn dynn am ei hwyneb

ac yn codi'n bigyn ar ei phen. Ar hyn dyma agor y drws gan un o'r cludwyr dodrefn, bachgen ifanc. Pan welodd hwnnw Ffebi Williams yn ei gwely felly, aeth yn ôl yn sydyn.

Ymhen ychydig eiliadau clywai hithau chwerthin yn dyfod o ben draw'r landing.

Diwrnod i'r Brenin

Fe ddaeth y papur chweugain a'r dydd cyntaf o haf gyda'i gilydd yr un bore. Mewn ardal hyll, dlawd, lle mae mwy allan o waith nag sydd mewn gwaith, lle'r ymestyn y gaeaf ymhell dros y gwanwyn, mae croeso i'r ddau. Ar un o'r boreau hynny pan lifa'r haul i mewn drwy'r ffenestr ar ôl wythnosau o wynt main, oer, bore a wna i rai lawenhau am y cânt wisgo'u dillad newydd, ac a wna i eraill dristáu am nad oes ganddynt ddillad newydd i'w gwisgo, daeth papur chweugain drwy'r post i No. 187 Philip Street, cartref Wat Watcyn a'i ferch Rachel Annie, oddi wrth Mog, brawd Wat. Trawyd Rachel â syfrdandod rhy oer i fyned â'r llythyr i fyny i'w thad. Yr oedd pedair blynedd o fyw ar gythlwng wedi parlysu ei theimladau. Ni fedrai deimlo llawenydd *dwfn* o dderbyn peth yr oedd arni angen mawr amdano. Yr oedd byw am flynyddoedd ar chwarter digon wedi ei gwneud yn ddihitio o garedigrwydd achlysurol fel hyn. Fe roesai lawenydd iddi yn y misoedd cyntaf wedi i'w thad fyned allan o waith. Erbyn hyn, teimlai nad oedd chweugain, â chynifer o dyllau yn disgwyl wrthi, ond megis pin mewn tas wair. Yr oedd yn anobeithiol dechrau ei gwario ar y tŷ. Ni buasai'n prynu papur a phaent i un ystafell. Ni buasai'n prynu llenni ar y ffenestri na siwt iddi ei hun na'i thad. Wedyn, i ba ddiben oedd dechrau

24

gwario ar angenrheidiau? Rhaid oedd gadael ei dillad hi a'i thad yn ddigotwm, a gadael ôl cywiro yn llenni'r ffenestri. Gan na ellid gwneud y cyfan â decswllt, gwell oedd peidio â gwneud dim. Felly y rhesymai Rachel Annie.

Daeth ei thad i lawr yn gynt nag arfer oherwydd cnoc y postmon, a'r cwbl a wnaeth ei ferch oedd pwyntio at y llythyr gyda'r brws blac led. Ni ddywedodd yntau ddim wedi ei ddarllen ond aeth i ben y drws i synfyfyrio ac i ddisgwyl am ei frecwast. Gwyddai hi mai'r un oedd ei feddyliau yntau. a theimlodd nad oedd le i ddau fod yn ddigalon am beth a ystyriai gweddill y stryd yn lwc i orfoleddu am fis yn ei chylch.

Am y tro cyntaf ers amser maith, ffrïodd Rachel gig moch i frecwast, ac ni holodd ei thad y rheswm dros gael ei ginio yn y bore yn lle y te a'r bara menyn tragwyddol. Fel petai hi'n dilyn ymresymiad y tad o'r lle y gorffennodd ef, dywedodd,

,'Mi awn ni i waco, heddi, 'nhad, mi wnaiff les inni.'

'Ie, dos di,' meddai yntau.

'Na, rhaid inni'n dou fynd, dewch i Gardydd gen i.'

'Na, 'd oes fawr chwant arno i fynd sha Cardydd.'

I fod yn onest, yr oedd hithau'n falch o'i glywed yn dweud hynny. Yn sydyn y daeth iddi'r syniad am fyned i Gaerdydd, ac mewn un munud gwelodd bosibilrwydd diwrnod o bleser a gadael yr amgylchedd brwnt a fu iddi am bedair blynedd. Mor sydyn â hynny gweithiodd allan ei chynlluniau am y diwrnod, ac nid oedd ei thad ynddynt. Ar ei phen ei hun yr hoffai hi fyned i Gaerdydd. Fe garai i'w thad gael pleser. ond pe deuai ef gyda hi, ni châi'r un rhyddid i fynd i lefydd yn ôl ei mympwy ei hun. Nid gwarafun pleser i'w thad yr oedd, ond gwarafun caethiwed ar ei threfniadau ei hun. Er hynny, gwelodd gysgod cwmwl ar ei phleser ped arhosai ei thad gartref. Ni chyrhaeddai ei hunanoldeb cyn belled ag amddifadu ei thad o'i ran yn y chweugain. Eto, gweithiodd ei meddwl yn gyflym.

'Pam nad ewch chi i weld Dan i Gwm Nedd? Fe fydd *chat* gyda Dan gystal â photel o foddion i chi.'

Troes ei thad yn araf tuag ati, ac yn ei betruster gwelodd ei ferch arwydd cydsyniad.

'Dewch 'nawr, fe wna i hast gyda 'ngwaith, ac fe gewch ginio cynnar, i chi ddala'r bws un.'

'Na,' meddai yntau, a dechrau gwneud sŵn yn ei wddf, fel sŵn iâr eisiau gori, sŵn sy'n dweud 'Na' ond yn golygu 'Ie'.

Torrodd hithau ar ei draws gan ddefnyddio'i herfyn cryfaf.

'Rhaid i chi fynd, ne 'd af i ddim i Gardydd.'

Caerdydd a'i gyrrodd ymlaen gyda'i gwaith y bore hwnnw.

'Darro,' meddai hi'n uchel pan welodd hi gorff tew, di-siâp Meri Ann Price yn y drws.

'Rych chi'n dishgwl yn fishi iawn,' meddai honno.

'Odw,' meddai Rachel, 'rw i'n mynd i Gardydd prynhawn yma, ac 'rw i am orffen popath yn gynnar.'

'Dyna lwcus mae rhai pobol,' meddai ei chymdoges, 'mae digon o arian i gael gyda nhw.'

'Na, dim digon, Meri Ann, ond fe ddigwyddws y' nwncwl hala decswllt inni'r bore yma.'

'Dyna neis; mae pawb yn cael gwell lwc na ni. Be ddyliech chi wnaeth y Mishtar gyda Jac ni yn yr ysgol ddoe; 'r oedd e'n rhoi sgitshe'r ffynd mas, ych chi'n gweld, ac fe roes bâr newydd i Jac, ond fe roes y sgitshe oedd ar i draed e i grwtyn arall, a dim ond y dwrnad cyn 'ny oeddwn i wedi talu hanner coron am i tapo nhw.'

'Ie, ond fe gas Jac sgitshe newydd.' meddai Rachel. 'ellwch chi ddim byta'ch bynsen a'i chadw hi, Meri Ann.'

'Eitha reit, ond y merch i, 'roedd y sgitshe oedd gyda Jac lawer yn well na'r rhai newydd hyn.'

'O bodder,' meddai Rachel wrthi ei hun. 'pam nad aiff hi a'i chleber.'

'O dir,' meddai ei chymdoges, 'mi fyse'n dda gyda fi weld rhai o'r pylle ma'n starto eto. Fe licswn i gael rhyw- beth yn lle bara a margarîn rownd ybowt. Mae arno i am dri mish o rent ac mae Jenkins wedi hala'r ffeinal notis bora 'ma. Mas ar hewl y byddwn ni, mynte fe. Mae hi'n neis arnoch chi heb rent i'w thalu, Rachel.'

'Mae'r taloedd yn ddigon uchel,' ebr Rachel. 'a pe ta ni'n ffaelu â'u talu nhw, wnele'r *Council* ddim aros llawer. a chelech chi neb i roi mentig ar hen dŷ fel hwn 'nawr.'

'Cweit reit, ond 'rych chi'n gallu gwneud ticyn bach ar y gwnïo, Rachel.'

'Odw, a mae'n nhw wedi tynnu dôl nhad i lawr o achos hynny; a pheth arall, 'dw'i ddim yn cael dim o'r dôl yr un peth â gwraig, a rhaid i chi gofio, Meri Ann, fod lot o fenywod yn cael *dresses* a byth yn meddwl talu am i gwneud nhw.'

'Mi'ch creda i chi, wir, Rachel, ond gobithio'r enjoywch chi yng Nghardydd. Mae deng mlynedd er pan fues i yno.'

A ffwrdd â Meri Ann, oblegid yr oedd brawddeg olaf Rachel wedi ei brathu. Fe'i hystyriai Rachel ei hun yn lwcus hefyd iddi sôn am fynd i Gaerdydd yn y dechrau neu mae'n debyg y gofynasai ei chymdoges am fenthyg y chweugain.

Fe ddaliodd Wat Watcyn y bws un am Gwm Nedd yn

rhwydd, a phedwar swllt yn ei boced. Fe ddaliodd Rachel y trên am Gaerdydd heb ddim amser wrth gefn, a chweswllt yn ei phoced. Gwisgai ei chôt a'i sgert las tywyll ac edrychai'n dwt, diolch iddi hi ei hun a'r ffaith ei bod yn wniadyddes. Yr oedd y siwt yn ddigon hen i fod yn y ffasiwn yr ail dro. Bu'n llaes i gychwyn, yna'n gwta, ac yn awr yn llaes eto. Llaw gelfydd ei pherchennog a guddiodd y ffaith iddi fyned drwy'r cyfnewidiadau hyn.

Yr oedd yn braf cael eistedd yn y trên ar ôl holl ffwdan y bore, heb eisiau meddwl am ddim na gwneud dim, ond gadael ei meddwl lithro'n ôl hyd at anwybod bron, ond eto'n gwybod ei bod yn y trên ar ei ffordd i Gaerdydd. Ymhen tipyn, adfywiodd a dechreuodd syllu ar y tai diddiwedd fel pe na bai wedi gweled eu cyffelyb erioed. Dechreuodd ei meddwl weithio i fesur peiriant y trên. 'Tŷ o dan dŷ, tŷ uwchben tŷ, sawl tŷ oedd yno? Tŷ uwchben tŷ, tŷ o dan dŷ, pwy oedd biau'r tŷ?'

Gwyddai Rachel fod tri theulu yn byw yn y rhan fwyaf o'r tai hyn, a bod ystafelloedd yn y rhai isaf na chaent ddim golau dydd. Gwrthodasai hi a'i thad osod rhan o'u tŷ hwy. Yr oedd yn well ganddynt gael heddwch a byw ar lai.

Codai'r tai hyn ar dri uchdwr llofft uwchben eu gerddi serth, rhai yn drefnus a rhai fel arall; gerddi o flaen rhai, darn o anialwch ac ieir a chŵn yn crafu ynddo o flaen y lleill, cefnau rhai o'r tai wedi eu gwyngalchu a'r sinc olchi'n hongian o'r tu allan i'r drws; llenni glân trefnus ar ffenestri rhai; cadachau brwnt yn crogi wrth eu conglau ar y lleill.

Aeth llawer o bobl Pen y Cwm i lawr yn y Bwlch, â'u basgedi siopa ar eu breichiau, a daeth llawer a ferched i mewn yn y Bwlch â basgedi cyffelyb ar eu breichiau hwythau. Gwyddai Rachel yr âi'r rhai hyn i lawr yn y

Bont, ac mae'n debyg yr âi pobl y Bont i lawr i Gaerdydd. Rhyfedd fel yr âi pobl y Cwm o un lle i'r llall i siopa ar ddiwedd wythnos. Arferai Rachel ei hun fynd. Credent eu bod yn cael bargeinion, ond ni chaent. Ond caent symud eu lle am dipyn. Yr oedd yn debyg iawn i chwarae draffts. Edrychai rhai o'r merched yn bryderus a digalon ac yn boeth yn eu cotiau gaeaf. Edrychai'r lleill yn nwyfus, ysbryd a chorff, wedi ymddilladu mewn dillad haf ysgafn. Cariai rhai fabanod mewn siôl, ac edrychai'r babanod o gwmpas ar y byd a oedd i gyd yr un fath iddynt hwy.

Wedi gadael y Bont a gadael llawer o bobl ar ôl yno, lledodd y gorwelion ac aeth y tai'n anamlach oni chyrhaeddwyd gwlad hollol wahanol. Diflannodd y cymoedd o'r golwg. Teimlai Rachel fel petai rhywun wedi rhoi clo ar y drws i'r cymoedd o'r tu cefn iddi a'i bod hithau bellach yn rhydd o gaethiwed. Yn lle pyllau, tai a thomennydd, daeth caeau glas i'r golwg, bryniau isel a choed gwyrdd ifainc arnynt. Yr oedd pob dim mor lân. Rhedai awel oer trwy'r cerbyd. Rhedai drwy'r gwair a throid dail y coed tu chwith allan nes ymddangos o'r tu isaf yn llwyd ariannaidd megis bol pysgodyn yng ngoleuni'r haul. Newidiodd Rachel ei sêt a throes ei chefn at y peiriant. Gwelai gynffon y trên yn y tro a adawsai funud yn gynt, a thu hwnt i'r tro fynydd uchel, a glôi'r cymoedd o'i golwg. Llifai'r afon yn llyfn, er yn frwnt, heibio i ffermydd braf. Porai defaid ac ŵyn glân hyd y caeau (rhai glanach nag a ddeuai i droi'r bwcedi lludw yn y boreau yn Philip Street). Rhedai gerddi'r tai i lawr i'r afon, a chrogai blodau melyn, gwyn a phiws hyd y waliau. Yn stesion Tre'r Eglwys daeth llawer o ferched ffasiynol i mewn. Gallech gredu bod digon o arian a gwaith i bawb yn y byd.

Yr oedd asbri diwrnod cyntaf haf ar strydoedd Caerdydd.

pobl yn siarad ac yn chwerthin. Tyrrai pawb i ffenestri'r siopau i weld y ffrogiau a'r siwtiau ymdrochi diweddaraf ac i weled prisiau syfi cyntaf y tymor.

Ar ôl syllu'n hir ar ffenestri siopau, yr oedd yn orffwys cael eistedd wrth fwrdd bach yn yr Elaine, heb eisiau brysio na meddwl am olchi llestri ar ôl pryd; carped o dan draed, blodau ar y byrddau, a miwsig.

Yr oedd yn ddigon i wneud i rywun anghofio pwy ydoedd. Deuai merched ifainc, hardd, trwsiadus i mewn gyda'u cariadon. Deuai merched eraill a ymylai ar ganol oed ac a gymerai drafferth fawr i guddio hynny. Gwelodd i'w llawenydd y gallai gael pryd neilltuol am ddeunaw — te a bara ymenyn a'i dewis o lawer o bethau. Dewisodd hi samwn ffres a chiwcymbyr. Yr oedd bwyd yn llawer rhatach na phan fuasai hi yng Nghaerdydd o'r blaen. Nid oedd arni eisiau brysio, ac nid oedd yn dda ganddi weled y ferch a weinyddai yn dyfod â'i the mor fuan. Yr oedd arni eisiau edrych o'i chwmpas, eisiau yfed yr awyrgylch, eisiau teimlo mai bywyd y tŷ bwyta oedd yn barhaol ac nid bywyd Philip Street, Pen y Cwm. Bwytâi'n araf dan edrych o'i chwmpas. Ar y bwrdd nesaf ati yr oedd gwraig mewn dillad costus. Yr oedd yn dew, ac yr oedd yn amlwg ei bod yn cael cryn drafferth i gadw ei chorff yn weddol siapus. Gwisgai staes dda, yn ôl meddwl Rachel Annie, ac yr oedd yn bwyta bara crasu sych yn awr ac yn yfed dŵr lemon. Wel, nid yr un peth a boenai bawb. Yr oedd rhai yn newynu o ddewis a'r lleill o orfod.

Wrth fwrdd arall eisteddai cwpl heb fod yn rhy ifanc — ffarmwr a'i gariad mae'n debyg. Nid oedd ganddo ef fawr i'w ddweud. Edrychai ef allan o le yno rywsut, megis y gwnâi Rachel Annie i rywun arall, mae'n siŵr. Ymdrechai ei gariad dynnu sgwrs allan ohono. Atebai yntau hi a dim arall. Mae'n rhaid bod ganddo fwy o arian nag o leferydd, neu ni buasai merch 'deidi' fel hon yn gallu ei oddef.

Ar y chwith iddynt hwy yr oedd merch ar ei phen ei hun, mewn dillad o doriad perffaith ac o ansawdd dda. Athrawes neu ddoctor oedd hi, mae'n siŵr, ym meddwl Rachel.

Daeth yr amser yn rhy fuan iddi adael y tŷ bwyta, ac ail-ddechreuodd syllu yn ffenestri'r siopau drachefn. Yr oedd sidanau gweddus i frenhines yno, a meddyliai Rachel fel y gallai hi wneud ffrog hardd ohonynt; a daeth pang iddi y gallasai wedi'r cyfan gael defnydd ffrog am y decswllt. Yr oedd arni ddigon o angen un. Ond aeth y pang heibio — yr oedd yn falch o weld defnyddiau hardd a ffrogiau ffasiynol — rhôi'r olaf syniad iddi sut i newid rhai o'i hen ddillad yn nes at y ffasiwn. Wedi'r cwbl, yr oedd yn well ganddi weled pethau tlws yn y ffenestri na phethau hyll, er na allai mo'u prynu. Peth digalon iawn fuasai gweled pethau *Jumble Sale* yn ffenestri Caerdydd.

Yn y farchnad rhoes chwech am glwm o flodau. Mor dda oedd gwynt y farchnad — aroglau llysiau gerddi, blodau, caws, cigoedd a phob math o fwydydd! Mor wahanol i wynt y farchnad ym Mhen y Cwm, lle'r oedd pob Tom, Dic a Harri yn gwerthu pob math o bethau a elwid yn ddillad. Ach a fi — gwynt anhyfryd dillad siêp!

Ar y ffordd i'r stesion rhoes ddeunaw am bibell i'w thad.

Ar y ffordd adref yr oedd lliwiau gwan, porffor, melyn a choch yn yr awyr, lliwiau ysgafn a daflai olwg drist ar y wlad. Llithrai ei meddwl yn ôl at ei phlentyndod, pan godai noson fel hon ofn arni, ofn marw ac ofn uffern, ac a wnâi iddi deimlo'n estron i bawb, hyd yn oed i'w theulu ei hun.

Sut ddiwrnod a gafodd ei thad tybed? Gobeithiai y byddai i'r ymweliad â Dan godi tipyn ar ei galon a throi ei feddwl at rywbeth heblaw ei ardd a'r ffaith ei fod yn segur. Yr oedd ei ardd yn rhy fechan, ac ni fynnai yntau ddarn o dir. Treuliai lawer o'i amser ynddi — gwyliai bob dim yn tyfu ac ni châi chwyn gyfle i ddangos ei ben drwy'r ddaear. Yr oedd cerrig o gwmpas pob llwybr a phob gwely, ac yr oedd pob carreg wedi ei gwyngalchu. Pan na byddai yn yr ardd eisteddai ar ei sawdl wrth y llidiart i edrych arni. Buasai'n dda gan Rachel pe cymerai ei thad ddiddordeb mewn rhywbeth arall, mewn llyfr neu ddarlithiau neu filgwn hyd yn oed fel y gwnâi rhai o'i gymdogion. Mae'n wir bod y rheini'n gwario lot o arian, ond nid oeddynt byth yn ddigalon fel yr oedd ei thad. Mae'n wir hefyd na fedrech ddweud pa un ai ffordd fawr ai cae pêl-droed oedd eu gerddi. Ond . . . fel yna y crewyd hwy, ac fel arall y crewyd ei thad, mae'n debyg. Colier oedd ef yn gyntaf ac yn olaf. Ymlafnio gweithio wrth dorri glo oedd ei orchest, ac ail beth oedd ei ardd pan oedd mewn gwaith. Gweithio yn y pwll oedd ei uchelgais pan oedd yn ddeuddeg oed, ac ni bu'r edifar ganddo erioed roi clocsiau am ei draed. Tynnai am ei drigain oed erbyn hyn a gwyddai o'r gorau mai siawns wan oedd ganddo am waith byth. Dim rhyfedd felly na adawai digalondid byth mohono.

Wir, erbyn i chi feddwl, yr oedd bywyd yn beth rhyfedd iawn. Mae'n wir i Rachel a'i thad a'i mam (pan oedd hi'n fyw) gael llawer cyfnod o lawnder. Ni wybuasent erioed beth oedd newyn. Ond ni wybuasent chwaith am y teimlad hyfryd o wastraffu heb bechu. Pan enillai ei thad arian da yn ystod y Rhyfel, yr oedd yn rhaid cynilo i dalu am y tŷ. Yr oedd yn rhaid cynilo i roi ysgol wnïo iddi hi. Ni fedrasant erioed deimlo y gallent wario wrth fodd eu calon. Erbyn hyn âi effaith eu cynilo yn eu herbyn. Câi ei thad lai o'r dôl am ei fod yn berchen tŷ ac am ei bod hithau'n ennill tipyn wrth wnïo. Nid oedd obaith iddi briodi, gan fod Enoc, ei chariad, yntau heb waith. Ac nid oedd arni eisiau priodi erbyn hyn. Yr oedd aros ac aros wedi lladd pob dyhead a fu ynddi erioed am fod yn wraig.

Daeth diwedd ar ei myfyrdodau pan glywodd glang-clang y tramiau ar heolydd Pen y Cwm. Ymwthiodd drwy'r torfeydd tua'i chartref. Âi mwg ffres i fyny trwy'r corn. Yr oedd ei thad yn eistedd ar step y drws. Yr oedd y tecell yn berwi wrth y tân a'u swper yn barod ar y ford. Âi rhyw arwydd fach fel hyn o garedigrwydd ei thad at ei chalon. Yr oedd arni eisiau llefain o hapusrwydd.

'Wel, shwd enjoisoch chi?' meddai hi, 'shwd oedd Dan a'r teulu?'

'O weddol wir. Achwyn mae e o achos yr orie hir a'r gyflog fach. Ond dyna fe, ta b'le ei di 'nawr, achwyn mae dynion. Mae Dan wedi blino gormod i gymryd i dwbyn mynte fe, ac ar ddiwedd wythnos ŵyr Jane ffordd yn y byd i rannu'r arian. Maen' nhw mor fach.'

'Ond,' meddai ei thad wedyn, 'mae Dan yn cael gwitho.' a chan weiddi yn uchel yr ail waith, 'Mae Dan yn cael gwitho.' Bu agos i Rachel ollwng y tebot wrth glywed ei thad yn codi ei lais mor ddifrifol.

Ni fynnai ef swper, ond aeth i eistedd ar garreg y drws ac i synfyfyrio. Daeth rhyw ddigalondid dros Rachel. Yr oedd arni eisiau llefain dros bob man. Nid oedd ganddi galon i roi'r bibell i'w thad. Gwyddai na roddai ddim cysur iddo tra byddai yn yr hwyl ddigalon yma. Rhoes y blodau mewn dŵr ac aeth i'w gwely. Cyn tynnu'r llenni edrychodd trwy'r ffenestr ar y miloedd goleuadau i fyny

33

ac i lawr y Cwm, fel miloedd o lygaid. Nid oedd düwch
i'w weled yn unman ond düwch nos. Yr oedd yr awyr yn
glir uwchben a'r sêr allan. Yr oedd y cwm yn dlws yn y
nos. Symudai tram yn y pellter fel rhyw anifail afrosgo.
Tynnodd y llenni at ei gilydd ac aeth i'w gwely. Dyna hwy
eto — clang-clang y tramiau.

Y Taliad Olaf

Ddoe, buasai'r ocsiwn ar y stoc yn y tyddyn. Heddiw symudodd Gruffydd a Ffanni Rolant i'r tŷ moel i orffen eu hoes. Heno, safai Ffanni Rolant yn union o flaen y cloc yn y tŷ newydd, gan wneud cwlwm dolen ar ruban ei bonet o dan ei gên. Edrychai ar y bysedd fel y bydd plentyn wrth ddysgu dweud faint yw hi o'r gloch, fel pe na bai'n siŵr iawn o'r amser. Nid ei golwg oedd y rheswm dros ei hagwedd ansicr, ond pwysigrwydd y foment. Yr oedd wrthi'n llusgo gwisgo amdani ers meityn ac yr oedd yn awr yn barod, ond mynnai ogordroi o gwmpas y cloc fel pe carai ohirio'r peth. Nid oedd yn rhaid myned heno, wrth gwrs; gwnâi yfory'r tro, neu'r wythnos nesaf o ran hynny. Eithr gwell oedd darfod ag ef, ac wrth fynd heno, ni thorrai ar arferiad blynyddoedd o fynd i dalu i'r siop ar nos Wener tâl. Onid âi, byddai'n rhaid iddi eistedd yn ei thŷ newydd heb glywed buwch yn stwyrian am y pared â hi, a meddwl am yr hen dŷ y buasai'n byw ynddo am dros hanner canrif, ac yr oedd yn rhaid iddi gynefino rywsut â dyfod at ei thŷ newydd o wahanol gyfeiriadau.

Eisteddai ei gŵr wrth y tân yn darllen, mor gysurus ag y byddai wrth y tân yn yr hen dŷ. Anodd oedd meddwl nad oedd ond pum awr er pan orffenasant fudo a rhoi'r dodrefn yn eu lle. Darllenai gan fwnglian y geiriau'n ddistaw wrtho ef ei hun, a mwynhâi wres y tân ar ei goesau. Ni olygai'r mudo lawer iddo ef. Yr oedd yn dda ganddo adael y tyddyn a'i waith. Câi fwy o hamdden i ddarllen, a gallai ef fod yn ddidaro wrth adael y lle y bu'n byw ynddo er dydd eu priodas. Nid felly hi. O'r dydd y penderfynasant ymadael, aethai hi drwy wahanol brofiadau o hiraeth a digalondid ac o lawenydd. Y llawenydd hwnnw oedd achos pwysigrwydd y noson hon. Am y tro cyntaf yn ei hoes briodasol fe gâi orffen talu ei bil siop. Gydag arian yr ocsiwn ddoe y gwnâi hynny.

' 'Rydw i'n mynd,' meddai hi wrth ei gŵr, dan blygu ei rhwyd negesi, a'i rhoi dan ei chesail o dan ei chêp.

'O'r gora,' meddai yntau, gan ddal i ddarllen heb godi ei ben. Rhyfedd mor ddifalio y gallai ei gŵr fod. Nid oedd pwysigrwydd y munud hwn yn ddim iddo ef. Anodd credu iddo gael un munud mawr yn ei fywyd na theimlo eithaf trueni na llawenydd. Caeodd hithau'r drws gyda chlep. a chafodd hamdden i feddwl efo hi ei hun. Yr oedd heno'n brawf pellach iddi mai gyda hi ei hun y gallai hi ymgyfathrachu orau. Prin y gallai neb ddeall ei meddyliau, neb o'i chymdogion na'i gŵr hyd yn oed. Dyma hi heno yn gallu gwneud y peth y bu'n dyheu am ei wneud ers degau o flynyddoedd o leiaf — medru cael stamp ar ei llyfr siop a 'Talwyd' ar ei draws.

Pan briododd gyntaf, nid oedd ond Siop Emwnt yn bod, ac yr oedd honno yn y Pentref Isaf — ddwy filltir o'i thŷ. a phob nos Wener troediai hithau i lawr gyda'i rhwyd a'i basged, ac ar y bedwaredd wythnos, wedi nos Wener tâl, deuai car a cheffyl y siop â'r blawdiau i fyny.

Am yr hanner canrif o'r cerdded hwnnw y meddyliai Ffanni Rolant wrth daro ei throed ar y ffordd galed. Ni fethodd wythnos erioed ond wythnos geni ei phlant. bob

36

rhyw ddwy flynedd o hyd. Fe fu'n mynd trwy rew a lluwch eira, gwynt a glaw, gwres a hindda. Fe fu'n mynd pan fyddai ganddi obaith magu, a phan orweddai rhai o'r plant yn gyrff yn y tŷ. Bu'n rhaid iddi fynd a chloi'r drws ar bawb o'r teulu ond y hi yn y gwely dan glefyd. Bu'n rhaid iddi fynd ar nos Wener pan gleddid dau fochyn nobl iddi, Gruffydd Rolant wedi gorfod eu taro yn eu talcen am fod y clwy arnynt, a hithau'n methu gwybod o ba le y deuai'r rhent nesaf. Yr oedd yn rhaid iddi fynd pan nad oedd cyflog ei gŵr yn ddigon iddi drafferthu ei gario gyda hi. Mae'n wir iddi fynd â chalon lawen weithiau hefyd ar ben mis da, pan fedrai dalu swm sylweddol o'i bil. Ond wrth edrych yn ôl, ychydig oedd y rhai hynny o'u cymharu â'r lleill. Gwastadedd undonog y pen mis bach a gofiai hi orau.

Y ffordd hon o'i thŷ i siop Emwnt oedd ei chofiant. Er gwaethaf cyflog da weithiau ni fedrodd erioed glirio'r gynffon yn y siop. Pe gallasai, nid i'r Pentref Isa yr aethai heno oblegid erbyn hyn yr oedd digonedd o siopau yn y Pentref Uchaf, cystal â siop Emwnt bob tipyn ac yn rhatach, ond oherwydd na allodd erioed dalu ei dyled yn llawn, bu'n rhaid iddi eu pasio bob nos Wener. Yn awr pan oedd yn dair ar ddeg a thrigain y medrai brynu gyntaf yn un ohonynt. Mae'n wir i'r ddeupen llinyn fod yn agos iawn at ei gilydd weithiau, ond pan fyddai felly, fe ddôi salwch, neu farw, a'u gyrru'n bellach wedyn. Ac yn ddistaw bach, y mae'n rhaid dweud i'r ddeupen llinyn fod yn agos iawn at ei gilydd unwaith neu ddwy, ac y gallasai hithau orffen talu ei bil.

Ond yr oedd gan Ffanni Rolant chwaeth, peth damniol i'r sawl a fyn dalu ei ffordd. Fe wyddai hi beth oedd gwerth lliain a brethyn. Yr oedd yn bleser edrych arni'n bodio. Yr oedd rhywbeth ym mlaenau ei bysedd ac ym migyrnau ei dwylo a fedrai synhwyro brethyn a lliain da. Yr oedd ei dull o drin a bodio defnyddiau yn gwneud i rywun ddal sylw arni. Unwaith neu ddwy, pan oedd o fewn ychydig i dalu ei ffordd, fe ddôi'r demtasiwn o gyfeiriad Emwnt yn y ffurf o liain bwrdd newydd. Methai hithau ei gwrthsefyll. Gwelai'r lliain hwnnw ar ei bwrdd cynhaeaf gwair, ac fe'i prynai. Cofiai am y pethau hynny wrth ymlwybro tua'r Pentre Isaf heno. Cofiai am y llawenydd a gâi o brynu pethau newydd ac am y siom a ddeuai iddi'n fisol o fethu talu ei bil. A dyma hi heno'n mynd i'w dalu, wedi deuddeng mlynedd a deugain o fethu, ac nid ag arian y cyflog chwaith. Dylasai fod yn llawen. oblegid yr oedd rhai'n gorfod mynd o'r byd â chynffon o ddyled ar eu holau. Yn wir, yr *oedd* yn llawen, buasai'n llawen ers dyddiau wrth feddwl am y peth. Ond fel y nesâi at y siop, nid oedd mor sicr.

Agorodd glicied yr hanner drws a arweiniai i'r siop, ymwthiodd drwyddo a disgynnodd yr un gris i lawr y siop, llawr llechi a'r rhai hynny wedi eu golchi'n lân, ond bod yr ymylon yn lasach na'r canol.

Yr oedd yr olygfa a'r ogleuon yn gynefin iddi — cymysg aroglau oel lamp, sebon, a the, a'r sebon yn gryfaf. Golau pŵl oedd oddi wrth y lamp a grogai o'r nenfwd — golau rhy wan i dreiddio i gorneli'r siop. Yr oedd anger' llwyd hyd y ffenestr. Byddai hwn a'r golau gwan yn gwneud i Ffanni Rolant deimlo bob amser mai siop yn y wlad oedd y drych tristaf mewn bywyd.

Fel arfer ar nos Wener tâl yr oedd y siop yn hanner llawn, o ferched gan mwyaf, a phawb yn ddistaw ac yn ddieithr ac yn bell, fel y byddent ar nos Wener tâl, yn wahanol i'r hyn fyddent pan redent yn y bore i 'nôl sgram at 'de deg'.

Yr oedd y cyfan, y distawrwydd a'r ofn, fel gwasanaeth y cymun, a'r siopwr yn y pen draw yn gwargrymu wrth ben y llyfrau a ffedog wen o liain sychu o'i flaen. Edrychai Ffanni Rolant o'i chwmpas ar y cysgodion hir a deflid ar y silffoedd, y cowter claerwyn yn bantiau ac yn geinciau, y clorian du a'i bwysau haearn, y cistiau te duon a'r 1, 2, 3, 4 arnynt mewn melyn, a'r sebon calen. Yr wythnos nesaf byddai'n prynu mewn siop lle'r oedd cownter coch, a chlorian a phwysau pres, a'r siopwr yn gwisgo côt lwyd. Ni ddywedai neb ddim wrth neb ar ôl y 'Sut ydach chi heno?' Fe droes un wraig i edrych ddwywaith ar Ffanni Rolant am ei bod yn gwisgo cêp yn lle siôl frethyn. Daeth ei thwrn hithau, ac ni ddywedodd y siopwr ddim wrth iddi dalu'n llawn. Yr oedd fel petai'n deall. Rhoes hanner sofren o ddiscownt iddi, yr hyn a ddychrynodd Ffanni Rolant. Disgwyliai gael hanner coron. Un peth na ddaeth i feddyliau Ffanni Rolant ar ei ffordd i lawr oedd y ffaith iddi dalu dros ddwy fil o bunnau i'r siopwr er pan briododd. Prynodd ychydig bethau a thalodd amdanynt.

'Mae'n debyg na ddo' i ddim i lawr eto,' meddai hi.

Nodiodd y siopwr ei ddealltwriaeth. Cerddodd hithau allan o'r siop. Ymbalfalodd am y glicied, a chliciedodd hi'n ofalus wedi cyrraedd allan.

Edrychodd drwy'r ffenestr lwyd, a gwelai'r siopwr eto â'i ben i lawr dros lyfr rhywun arall.

Dwy Storm

Fin tywyllnos, nos Sadwrn cyn Nadolig 1861, teithiai gŵr ifanc tros y Mynydd Llwyd i gyfeiriad Cwm Dugoed. Yr oedd yn chwipio rhewi ers oriau, a gwynt y dwyrain mor oer nes deifio'i wyneb a'i wneud yn ddideimlad. Codasai goler felfed ei gôt cyn uched ag y medrai tros yr hances sidan a addurnai ei wddf ac âi ei anadl gynnes i lawr rhwng coler ei gôt a'i farf. Daliai ei ddwylo caled yng ngwaelod ei bocedi ond pan fyddai'n rhaid iddo eu defnyddio i groesi camfa. Trôi ei gefn at y gwynt weithiau, nid yn unig er mwyn ymochel rhag ei oerni, ond er mwyn troi ei olygon at y dref. Prin y gellid gweled y clwstwr tai a'r castell ar fin yr afon, ond gwyddai ei chyfeiriad yn ddigon da. Yn y dref y dylai fod heno yn ôl arfer blynyddoedd; yno yr oedd y llynedd ac yno yr oedd y flwyddyn cyn hynny. Yn lle hynny âi heno am dro i Dafarn Dugoed, lle'r âi weithiau yn yr haf, ond byth yn y gaeaf. Wrth weled y cymylau duon a grogai fel bwganod dros y môr, troes ei wyneb at Gwm Dugoed eilwaith, gan ei atgoffa ei hun y byddai'n siŵr o eira cyn hir. Ar wahân i sŵn y gwynt nid oedd dim i'w glywed yn unman. Yr oedd sŵn ei draed ar y gwair a'r grug sych mor felfedaidd â sŵn cath yn cerdded ar garped. Yr oedd sŵn y ffrwd yr un mor esmwyth. Toc, daeth i ben y mynydd ac âi'r gwynt main

drwy ei ddillad yn syth at y croen. Daliai yntau ei ben i
lawr a phistylliai'r dŵr o'i lygaid a'i gipio ymaith gan y
gwynt. Wedi iddo droi i lawr at y Cwm yr oedd naws
gynhesach yn yr awyr. Prin y medrai gredu bod cymaint
o wynt ar ben y mynydd. Gwelai oleuni bychan y dafarn
i lawr yn y gwaelod a goleuni'r bythynnod ar yr ochr arall
i'r cwm, mor egwan â goleuni lleuad wleb.

Yr oedd cegin y dafarn yn gynnes, ac ychydig ddynion
yn eistedd ar y ddwy setl o bobtu'r tân.

'Sut ydach chi heno, Eban Llwyd,' ebe'r tafarnwr.
'syndod eich gweld chi yma heno, yn lle bod tua'r dre.'

'Wel, ia,' meddai Eban, 'rhaid i dorri ar arferiad ddwad
rywdro.'

Gwnaeth un o'r dynion le iddo ar y setl. Datododd yntau
linynnau ei gap clustiau a gollwng coler ei gôt i lawr.
Ysmygai'r dynion bibelli clai hir a phoerent i'r twll lludw.
heibio i'r jwg cwrw a gynhesai ar lawr tu mewn i'r ffender
hanner cylch.

'Beth fynnwch chi, Eban Llwyd?' ebe'r tafarnwr.

'Pwnsyn wisgi reit gry',' ebe Eban. Edrychai'r lleill yn
edmygol ar y neb a fedrai fforddio wisgi. Ychydig a
wyddent mai gwario arian ei neithior briodas yr oedd. Ond
nid oedd hwyl yn y dafarn. Yn y dref yr oedd hwyl a
gwario a charu. Erbyn hyn llosgai wyneb a chlustiau Eban
onid oeddynt cyn goched ag eiddo'r yfwyr eraill. Aeth yn
drwm-bluog a synfyfyriai i'r tân. Nid oedd gan neb lawer
i'w ddweud. Deuai cwsmer i mewn weithiau a gwynt oer yn
ei sgîl. Caeid y drws drachefn ac ni chlywid ond sŵn troed
yn symud yn ddistaw hyd y llawr pridd a sŵn y gwynt yn
y simnai. Rhedai sêm ddu i lawr y canhwyllau. Bob hyn a
hyn rhedai'r tafarnwr i'w snyffio, ac yna'n ôl at y tân. Yr
oedd myfyrdodau Eban ymhell tu hwnt i'r gwynt, ac ni

chlywai ond tamaid o sgwrs y lleill yn awr ac yn y man yn torri ar ei ymwybyddiaeth, yn union fel y clyw dyn ddarnau o bregeth wrth gysgu yn y capel. Yr oedd arno eisiau codi a mynd. Pa bleser oedd iddo ef ymhlith dynion nad oedd yn gydnabod iddo? Ond yr oedd y cynhesrwydd mor glyd fel na fedrai godi. Toc, dyma ddarn o sgwrs a wnaeth iddo godi ei glustiau.

'Glywaist ti fod Aels, Moel y Berth, wedi priodi ddoe?'

'Naddo, efo pwy?'

'Wel, nid efo'i chariad fel y bydd pawb arall yn gwneud.'

A chyn i'r cyntaf gael rhoi'r wybodaeth i'w gyfaill yr oedd Eban yn y drws a chlustiau ei gap yn chwifio o gwmpas ei ben. Yr oedd allan yn yr oerni unwaith eto.

Yng nghysgod corlan, mewn darn o'r mynydd a gaewyd i mewn gan rywun, gorweddodd i lawr. O'i chymharu â'r awyr tua phen dyn yr oedd yr awyr yn gynnes ar lawr. Yr oedd Eban hefyd yn gynnes, wedi cerdded yn gyflym ac nid cas ganddo erbyn hyn yr awel oer a âi dros ei wyneb. Mae'n debyg fod yr yfwyr yn sgwrsio amdano ef yn awr, a bod y tafarnwr yn egluro pwy ydoedd. Y fo, Eban, oedd cariad Aels, Moel y Berth, y cariad nas priododd. Mae'n amlwg fod y cymdeithion yn y dafarn yn ei hadnabod. Pwy mewn cylch o ddeng milltir nad adwaenai hi? Nid oedd neb i ddal cannwyll iddi am brydferthwch gwedd na harddwch osgo. Nid oedd neb a gerddai balmantau'r dref ar ddydd ffair mor ysgafn ei throed nac mor fain ei gwasg. A heno, yr oedd yn wraig i Guto, Pant y Drin, un nad oedd deilwng i ddatod carai esgid Aels, ym marn Eban, na'i eiddo yntau, Eban chwaith, o ran hynny. Beth a ddaeth dros ben Aels, ni wyddai. Ni roes iddo'r rheswm wrth dorri'r newydd iddo ddeufis yn ôl. Yr oedd Guto'n chwarelwr, mae'n wir, ond mae chwarelwyr a chwarelwyr. Un o'r bobl hynny yr ysgydwid pen wrth sôn amdano ydoedd Guto, heb fedru dweud chwaith ym mha le'r oedd ei fai. Gwrthodai pawb ei gymryd yn bartner yn y chwarel. Cydnabyddai pawb ei fod yn ddyn glandeg, ac edmygid ei ddillad gorau. Ond yr oedd Eban yn chwarelwr a gâi fynd i unrhyw griw, ac nid oedd ar ôl i Guto mewn gwedd na gwisg.

A heno ar y Mynydd Llwyd, a gwynt y dwyrain yn glanhau ei wyneb, aeth Eban drwy'r frwydr fawr o ryddhau ei feddwl oddi wrth Aels. Ers pan dorasai hi'r newydd iddo, buasai mewn uffern. Aels, y bu'n ei charu mor gywir ac mor danbaid am ddwy flynedd, yn medru gwneud ffasiwn beth, heb ddim rheswm i'w olwg ef! Yr oedd ef am iddynt briodi y Calan gaeaf hwn, ac wrth sôn am hynny y torrodd hi'r newydd iddo. Y fo ddylasai fod efo hi heno yn y dref ac nid Guto. Y fo oedd efo hi'r llynedd. Wrth gofio hynny a chofio pob dim ynglŷn a'r noson honno, chwysai gan gasineb, casineb at Aels, am iddi fedru ei droi ef heibio am ddyn salach. Petai hi wedi priodi rhywun gwell, ond Guto, Pant y Drin! A buasai ganddi ryw esgus petai'n methu fforddio priodi. Gallai Eban fforddio cystal ag unrhyw un o'i gyfoed.

Cododd ar ei eistedd. Yr oedd y gwynt wedi distewi a'r noson yn oleuach. Nid oedd ond düwch i'w weled ymhobman, daear dywyll, cloddiau tywyll, ac ambell ddraenen ddu yn sefyll yma ac acw wrth ochr y cloddiau. Ac yno, yn yr unigedd a'r düwch, tynghedodd Eban na byddai a fynnai ef â merched byth wedyn.

*   *   *

Un nos Sadwrn yn nechrau Chwefror 1895 brysiai Eban Llwyd adref o'r pentref o flaen y storm. Cariai ei fasged neges yn un llaw a ffon yn y llall. Yr oedd yr awyr, a fuasai'n frith o liwiau yn y prynhawn, wedi duo erbyn hyn. Yr oedd y ddaear dan draed fel corn, a phob ffrwd wedi rhewi bron trwyddi, dim ond tincial gwan a glywid dan y rhew. Os dôi'r eira, fe arhosai'n hir, fel y gwnaeth y gaeaf caled hwnnw, bedair blynedd ar ddeg ar hugain cyn hynny. Erbyn iddo gyrraedd ei fwthyn ar y Mynydd Llwyd, trôi'r eira i gorneli carreg y drws. Aeth yntau i godi rhagor o lo.

Wrth fwyta'i swper, daeth eira mawr 1861 a'i gysylltiadau'n fyw i'w gof; y llw a dyngodd ar y mynydd, yr eira mawr a ddaeth y dyddiau wedyn, a'i dad yn colli ei iechyd.

Bore drannoeth goleuni dieithr yn y tŷ a'i deffroes. Yr oedd y tŷ yn dywyll ac yn olau ar yr un pryd. Yr oedd yr eira a guddiai'r ffenestri yn adlewyrchu ei wynder ar y parwydydd a'r dodrefn a gwneud iddynt ymddangos yn olau a glân. Safai'r lleuad ar ben y cloc allan yn gliriach yn ei wyneb gwyn a safai patrwm llenni'r ffenestri allan yn blaen.

Cododd yntau dan grynu. Ailddechreuodd fwrw eira yn ystod y bore, nid yn dawel a mwyn ond yn oer a chwyrn. Trôi'r plu eira yn filoedd o gylchoedd yn yr awyr a lluwchid ef wedyn fel rhuthr. Rhoes Eban ei ddau benelin ar ben y bwrdd cwpwrdd ac edrych arno drwy'r ffenestr bach, dal i edrych arno, methu tynnu ei olygon oddi arno onid aeth i feddwl nad oedd dim yn y byd mawr ond ef a'i dŷ a'r eira. Nid oedd yn bosibl fod dim y tu hwnt i hwnnw. O'i wybodaeth o eira, gwyddai y gallai fod wythnosau tu fewn i'w gaer. Lwc fod ganddo ddigon o bob dim yn y tŷ. Ond os parhâi'r iäeth yn hir, byddai'n rhaid iddo fod yn gynnil o'i fara. Wedi iddo ddyfod â'r pot dŵr ar y tân, torri llwybr i'r cwt glo, bwyta ei frecwast a gwneud ei wely, nid oedd ond un ar ddeg y bore. Eisteddodd wrth y tân a dechreuodd ddarllen Almanac Robert Roberts, Caergybi, a nofel o waith rhyw Ddaniel Owen a redai o fis i fis yn *Y Drysorfa*. Erbyn amser cinio blinasai ar hynny. Eisteddai yn nannedd y grât a'i drwyn yn rhedeg. Rhoes hen dopcôt dros ei war. Aeth i edrych ar y tywydd wedyn. Dal i droi yr oedd yr eira, ac aeth ei feddyliai yntau i gorddi.

Tywydd fel hyn oedd hi, bedair blynedd ar ddeg ar hugain yn ôl, pan dynghedodd fywyd sengl iddo'i hun ar gopa'r Mynydd Llwyd, a phan rewodd ei dad bron i farwolaeth wrth ddyfod adref o'r chwarel ar gefn ceffyl. Ni bu byth drefn ar iechyd ei dad wedyn. Wedi claddu ei fam ychydig flynyddoedd yn ddiweddarach dewisodd y bwthyn unig hwn i fyw ynddo am ei fod wedi caledu at bawb a phopeth. Yr oedd wedi dirgel gredu yr edifarasai Aels am yr hyn a wnaeth ac y cawsai brofion ymhen ychydig nad oedd ei bywyd efo Guto yn hapus. Eithr ni chafodd erioed arwydd o hynny. Os oedd Aels yn anhapus ni ddangosodd hynny. Fe wyddai Eban yn burion beth oedd cyflog Guto yn y chwarel ac fe wyddai nad oedd yn chwarelwr ddigon da i gael cyflogau mawr pan oedd cyflogau'n sylweddol. Ond ni ddangosodd Aels erioed ei bod yn teimlo oddi wrth hynny. Wrth fyw ar ei ben ei hun fel hyn fe lwyddai i beidio â chlywed dim da am Aels a'i gŵr. Meddyliai yn awr mor wahanol buasai ei fywyd pe priodasai ag Aels neu â rhywun arall. Daw pob 'pe buasai' yn mywyd dyn i'w feddwl pan fo heb ddim i'w wneud. Ond ni feddyliai am Aels yn awr mewn unrhyw ffordd goegfeddal. Hyd yn oed yn awr yr oedd ei atgof o'i gwrthodiad ohono yn llawer cryfach na'i atgof o'u caru. Neithiwr wrth wneud ei negesi yn y pentref clywodd fod Aels yn bur wael o dan annwyd trwm.

Aeth i'w wely'n gynnar rhag difetha tân a bwyd, a rhag diflastod eistedd ar gadair galed. Yr oedd ei draed yn oer, a chododd yntau i roi ei dopcôt ar ei wely; ac er bod y ffenestr yng nghau yn dynn, chwifiai cyrtenni ei wely wenscot uwch ei ben.

Âi'r dyddiau ymlaen a'r iäeth. Aeth Eban i ddiflasu ar lendid y tŷ yng ngoleuni'r eira. Aeth i ddiflasu ar sŵn uchel ei glocsiau hyd y llawr llechi a'r llonyddwch mawr y tu allan, haen ar haen o lonyddwch. Arhosai yn ei wely hyd hanner dydd yn awr, ac âi'n ôl iddo tua phump. Ar y pedwerydd dydd daeth sŵn i'r ehangder llonydd y tu allan, a daeth dyn i'r tŷ a chan y dyn yr oedd torth a phrinten o fenyn. Yr oedd gwraig Harri, Hafod y Grug, yn digwydd bod yn un o'r rhai a wnâi furum gwlyb ac nid oedd yn rhaid iddi ddibynnu ar siop am furum. Daethai Harri yno gyda chymorth polyn mawr. Hafod y Grug oedd y lle nesaf i Eban, ond ni ddaeth i'w feddwl ef fynd i edrych hynt Harri. Torasai ormod i ffwrdd oddi wrth bobl i'r syniad ei awgrymu ei hun iddo ef.

'Ryw newydd?' oedd cwestiwn cyntaf Eban.

'Dim byd pellach na drws fy nhŷ fy hun,' ebr Harri.

Yr oedd tŷ Harri llawn cyn belled oddi wrth y pentref.

'Wyt ti'n cofio gaeaf tebyg?'

'Ddim ers 1861.'

'Na finne chwaith.' A throes Eban ei ben at y tân.

Yr oedd y noson honno'n waeth na'r un o'i blaen. Yr oedd yn anodd dygymod ag unigedd wedi cael blas cwmni. Cwynfanai'r gwynt yn y simnai, ond yr oedd tawelwch y

46

tŷ yn ddigon i wybod bod eira y tu allan er na ellid ei weled.

Y pumed dydd dechreuodd luwchio wedyn a dechreuodd Eban feddwl na welai neb byth yn y byd hwn. Yr oedd yn rhyfedd ganddo feddwl bod llai nag wythnos er pan fuasai yn y pentref. Beth oedd yn digwydd ymhobman tybed? Ni ddigwyddai dim iddo ef ond bwyta bara llaeth (digon sur erbyn hyn), pendwmpian, darllen a chysgu. Bron nad oedd yn edifar ganddo ei fywyd meudwyaidd.

Fore'r deuddegfed dydd, deffrowyd ef gan sŵn taranau debygai ef. Wedi llawn ddeffro sylweddolodd i'w lawenydd mai dyma'r dadmer, a'r eira'n disgyn yn rwb-rwb dros y fargod ar y palmant llechi. Yr oedd digon o sŵn erbyn hyn rhwng sŵn yr eira a sŵn dŵr y fargod. Cododd yn gwit, brysiodd fwyta ac aeth i'r pentref, ac yna croesawyd ef gan y sŵn cyntaf a dyr ar glyw pawb pan ddarffo iäeth — sŵn plant yn chwarae.

Ond yn y siop clywed am farw Aels. Datblygodd yr annwyd yn llid ar yr ysgyfaint. Methwyd cael doctor hyd yn rhy ddiweddar oherwydd y tywydd. Aeth Eban yn fud pan ddywedwyd y newydd wrtho. Gwrandawai â'i ben i lawr ar hanes y cynhebrwng. Dim ond rhyw hanner dwsin o ddynion a fedrodd fynd i gladdu Aels Moel y Berth. Ni fedrid dweud pa un oedd pen y clawdd na pha un y ffordd; a thros ben cloddiau y cludwyd ei chorff i'r fynwent. Y hi, Aels Moel y Berth, a fu'n synnu deg plwyf â'i harddwch. Dychmygai weled y dynion yn mynd â'u pennau i lawr, a'r arch yn codi i fyny ac i lawr ar eu hysgwyddau; gwynder yr eira'n gwelwi lliw yr arch a'r haul egwan yn disgleirio ar y platiau ac ar risial yr eira. A digwyddasai hynyna i gyd ac yntau yn ei dŷ bron â mynd yn lloerig o eisiau rhywbeth i'w wneud. Un a fu'n

47

bopeth iddo ar un adeg yn mynd i'w thaith olaf ac yntau'n gwybod dim. Syfrdanodd y syniad ef. Yr oedd ganddo rywbeth i feddwl amdano wrth y tân y noson honno, yn lle bod ei feddwl yn troi yn ei unfan. Tybed a alwodd hi amdano cyn marw? Beth a wnaethai pe digwyddasai hynny a'r ffordd yn glir rhyngddo a Moel y Berth? A adawsai ei falchter iddo fyned a maddau iddi? Cwestiwn. Ond cwestiwn nad oedd yn rhaid ei ateb oherwydd yr iäeth.

Ffair Gaeaf

Dyna lle'r oeddynt, yn llond cerbyd trên, a'u hwynebau at Ffair Gaeaf — hynny a fyddai ar ôl ohoni. Ffawd a'u taflodd yno i gyd at ei gilydd felly, nes eu gwneud megis un teulu, ag iddynt bob un ei bleser ei hun wrth edrych ymlaen at Ffair Gaeaf.

Yn un gornel eisteddai Esra (nid oes eisiau rhoi ei gyfenw, gan na ddefnyddiai neb mohono), yn gwisgo het galed ddu, a redai'n bigfain i'r tu blaen ac i'r tu ôl, a thopcôt a fu un adeg yn ddu ac ymyl ei choler felfed yn cyrlio tipyn. Dyn tal, tenau ydoedd, a llygaid rhy fychain bron i chwi fedru dweud eu lliw. Dyma'r tro cyntaf iddo fod yn y Dre ers blwyddyn. Gwas ffarm ydoedd. Ni allech ddweud beth oedd ei oed. Gallai fod yn bymtheg a deugain, a gallai fod yn ddeunaw ar hugain.

Wrth ei ochr eisteddai Gruffydd Wmffras a Lydia ei wraig — pobl oddeutu trigain oed, ond ei fod ef yn edrych yn well na hi. Yr oedd golwg iach arno ef — ei groen o liw'r tywydd a'i fochau'n gochion. Dangosai ddwy res dda o'i ddannedd ei hun wrth chwerthin. Gwisgai yntau het galed ddu, dipyn newyddach nag un Esra, a thopcôt ddu, dew, a blewyn gwyn ynddi. Yr oedd ei wraig yn denau, ac wedi colli llawer o'i dannedd a heb gael rhai yn eu lle. Gwnâi pantiau ei childdannedd iddi edrych yn hen. Gwisgai gôt ddu oedd ar ei phedwerydd tymor gaeaf yn awr, a het ddu newydd a gawsai eleni. Ond nid edrychai'r het yn ffasiynol, oblegid codai cocyn ei gwallt hi i fyny oddi ar ei phen. Am ei gwddf yr oedd crafat lês gwyn wedi ei gau yn y tu blaen gyda phin broitsh.

Yn y gornel arall eisteddai Meri Olwen, geneth dwt, lân, tua phump ar hugain oed, yn gwisgo siwt newydd a gafodd ben tymor. Côt a het las, sanau sidan llwyd, ac esgidiau moroco du.

Gyferbyn â hi, ar y sêt arall eisteddai Ben Rhisiart a Linor ei wraig — pâr ieuanc newydd briodi. Caru yr oeddynt pan aent i Ffair Gaeaf y llynedd. Ffermwr ieuanc oedd ef, yn ffarmio ffarm a adawodd ei dad iddo, a'i fam yn byw gydag ef a'i wraig. Gwisgai ei wraig ac yntau ddillad golau, rhad — efô yn gwisgo cap a ddeuai'n isel am ei ben. Yr oedd hi'n groenlan ond yn ddanheddog, ffaith a barai i'w cheg ymddangos fel eiddo un a chanddi feddwl mawr ohoni ei hun.

Rhyngddynt hwy a'r drws arall eisteddai Sam, bachgen chwech oed, ac ŵyr i Gruffydd a Lydia Wmffras, yn cael mynd i'r Ffair efo'i daid a'i nain am y tro cyntaf. Ond eisoes ar ei ffordd i'r stesion, piniasai ei lewys wrth John a oedd ar hyn o bryd yn chwibanu cân werin yn y cyntedd. Bachgen tair ar ddeg oed yn cael mynd i'r ffair ar ei ben ei hun oedd John. Yr oedd wedi hen arfer mynd i bobman ar ei ben ei hun, neu'r rhan fynychaf, gydag anifeiliaid rhywun. Ond heddiw, nid âi neb ag anifail i'r ffair, felly câi yntau fyned yno yn y prynhawn yr un fath â phawb arall. N faliai lawer am i Sam lusgo wrtho, ond eto rhoesai nain Sam chwech iddo ar y ffordd i'r stesion, ac yr oedd yr awgrym yn ddigon i John.

Yr oedd tu mewn i'r cerbyd yn gynnes, y ddwy ffenestr

wedi eu cau i'r top a'r anger' oddi wrth anadl y teithwyr wedi cuddio'r ffenestri. O'r tu allan yr oedd gwlad lom o ffermydd am filltiroedd — y caeau'n berffaith lwm, a'r tai'n edrych yn unig a digysgod ar y llechweddau, ac o'r trên felly yn edrych yn anniddorol i'r sawl nad oedd yn byw ynddynt. Yr oedd yn braf yn y trên cynnes, a'r niwl ar y ffenestri yn hanner cuddio llwydni eu bywyd beunyddiol ar y ffermydd. Dim ond John a drafferthai rwbio'r ffenestr, am mai unig swyn myned mewn trên iddo ef oedd cael edrych allan. O'r tu mewn siaradai pawb am bopeth, a Sam yn cael mwy o sylw na neb arall am ei fod yn gallu adrodd enw pob stesion i'r Dre yn eu trefn gywir. Cafodd geiniogau gan y teithwyr eraill am fod mor wybodus.

Wedi cyrraeld y Dre, ymwahanodd pawb. Yr oedd Lydia Wmffras yn awyddus iawn i gael sgwrs efo'i chwaer, na welsai ers misoedd, ac felly gofynnodd i John a gâi Sam fyned gydag ef. Ar funud gwan, addawsai i Sam y câi ddyfod gyda hi i'r Dre Ffair Gaeaf, ac erbyn hyn edifarasai, gan mai ei hunig amcan hi wrth ddyfod i'r dre oedd cael gweld Elin ei chwaer, oedd yn byw yn rhy bell oddi wrthi iddi ei gweld yn aml.

Am Gruffydd Wmffras, dyfod i'r Ffair i edrych o gwmpas pwy a welai yr oedd ef. Yn yr amser a aeth heibio deuai gyda gwartheg yn y bore, er na byddai ganddo weithiau ddim ond swynog a llo neu ddau. Ond yn awr nid oedd yn werth cerdded cymaint pellter. Ni ofynnai neb i beth oedd buwch yn dda mewn ffair. Ond yr oedd yn rhaid iddo gael dyfod i'r Dre, ac fe aeth i gymowta hyd y Maes. Yr oedd digon o bobl yn fan honno, a digon o foduron â'u trwynau i gyd yr un ffordd fel lot o filgwn yn barod i gychwyn ras. Teimlai'n braf wrth fod yng nghanol digon o bobl ac yr oedd arno eisiau siarad â phawb. Wedi tindroi a chael gair â hwn ac arall, gwelodd o'r diwedd yr un yr oedd arno fwyaf o eisiau ei weled — Huw Robaits.

'Gest ti'r ffair y bore?' gofynnai Gruffydd.

'Ges i be?'

'Gest ti'r ffair?'

'Amhosib iti gael dim os na fydd o.'

' 'Doedd yna ddim ffair, 'ta?'

'' Doedd yma ddim un anifail ar y Maes yma heddiw. Wyt ti'n clywed ogla ceffyl neu fuwch yma? Dim peryg! Rhaid iti fynd i sêl Tom Morgan i weld buwch y dyddiau yma.'

Aeth Gruffydd i syndod.

' 'Dwn i ddim be' ddaw o'r byd, wir,' ebe'r olaf.

'Wel, mi awn i'r Wyrcws i gyd efo'n gilydd, mae hynny'n gysur,' meddai Huw.

'Wyt ti wedi dechrau lladd rhai o dy anifeiliaid?' ,

'Naddo, dim eto. Wyt ti?'

'Do; mi laddis ddau oen yr wsnos dwaetha, ond 'ladda i 'run eto. Mae'r bwteriaid yn codi gormod o dwrw.'

'Ddoi di am beint i godi dy galon, 'r hen fachgen?'

Ac aethant i dafarn ddistaw yn Nhre'r Go.

*   *   *

Yr oedd Elin, chwaer Lydia, yn disgwyl amdani wrth y motor. Nid ysgrifenasai'r un o'r ddwy at ei gilydd i ddweud pa un a fyddent yn y dre ai peidio. Cymerai un yn ganiataol y byddai'r llall yno.

'Mi 'roedd dy drên di'n hwyr ' ebr Elin y peth cyntaf.

'Nag oedd. wir; dy foto di oedd yn fuan. Sut wyt ti, dwad?'

'O iawn am wn i, a chysidro byd mor dlawd ydi hi. Mae arna i eisio mynd i brynu het. Ddoi di efo fi?'

'Do' i,' meddai Lydia a'i chalon yn ei hesgidiau, oblegid gwyddai sut brynhawn a gâi efo Elin.

'Mi awn ni i'r Ddafad Aur,' meddai'r olaf. 'Mae yn fan'no fwy o hetiau at dâst rhywun fel taswn i. Dwad i mi, wyt ti'n cael rhywfaint o bris am dy lefrith?'

'Chwecheiniog y chwart; 'run fath a'r ha'.'

'Mi 'rwyt yn lwcus. Grôt ydan ni'n ei gael acw.'

'Sut felly?'

'Rhyw hen bethau diarth ddoth hyd y fan acw a dechra'i werthu o am rôt. 'Tydi hi ddim gwerth iti dynnu ceffyl allan o'r stabl i fynd allan efo fo.'

Cyn pen chwarter awr yr oedd Lydia ac Elin yng nghanol môr o hetiau yn 'Y Ddafad Aur'.

'Mae hon'na yn ych siwtio chi'n splendid, Mrs. Jones,' ebr geneth y siop am bob het a dreiai Elin am ei phen, a Lydia'r ochr arall yn tynnu wynebau ac yn ysgwyd ei phen i ddangos na chytunai.

Wedi treio tua phymtheg, yr oedd golwg fel peth wedi rhusio ar Elin, nes gwneud i chwi deimlo tosturi trosti.

' 'Twn i ddim pwy brynai het byth,' ebe Elin. 'Mae nhw'n gwneud hetia rŵan ar gyfar rhyw hen genod efo gwyneba powld, a ddim yn meddwl am rywun sy'n dechra mynd i oed.'

'Dyna un reit ddel,' meddai Lydia. 'Mae honna'n edrach yn dda iawn iti'; er nad edrychai fawr gwell na'r un o'r blaen.

'Wyt ti'n meddwl? Ylwch. Miss, 'oes gynnoch chi ddim rhwbath tebyg i honno sy gin fy chwaer? Lle byddi di'n cael dy hetia, dwad, Lyn? Mae gin ti ryw het ddelia am dy ben.'

' 'Toedd dim eisio i tithau dorri dy wallt.' A bu agos i'r
ddwy ffraeo. O'r diwedd cafodd Elin het i'w phlesio am
bymtheg ac un ar ddeg. A beirniadai Lydia ei chwaer yn
ddistaw bach am dalu cymaint. Chwech ac un ar ddeg a
gostiodd ei hun hi.

'O diar,' ebe Lydia, wedi myned allan o'r siop, dan agor
ei cheg, 'mae arna i eisio 'paned. Ddoi di i'w chael hi 'rŵan,
Elin?'

'Do' i. Mi awn ni i demprans Jane Elis ym Mhen Deits.'

Ac yno yr aethant. Dechreuai dywyllu erbyn hyn. Yr
oedd ystafell fwyta'r temprans yn berffaith wag. Llosgai
tân marwaidd yn y grât. Yr oedd llieiniau gwynion glân
ar bob bwrdd, a disgleiriai'r peth dal pupur a halen er ei
fod yn felyn.

'Sut ydach chi heddiw, bob un ohonoch chi?' meddai
Miss Elis. 'Hen ddiwrnod trwm, yntê? Fuoch chi yn y
ffair? Tasa 'na ffair ohoni hi. 'Tydi Ffaer Gaea ddim beth
fydda hi ers talwm. Beth ydach chi amdano fo? Gymwch
chi dipyn o bîff poeth efo the?'

'Beth wy ti'n ddeud, Lyd?'

'Ia; mi fasa bîff poeth efo gwylch yn reit neis.'

'Rown i ddim thanciw am de a rhyw hen deisis,' meddai
Elin. 'Dwad i mi, fyddi di'n clywed sut y mae Lora, gwraig
Bob?' (Eu brawd oedd Bob.)

'Mi ges lythyr y diwrnod o'r blaen yn deud mai cwyno'n
arw mae hi. Bob sy'n godro a gwneud pob dim allan byth.'

'Mi gafodd Bob lwci-bag pan gafodd o Lora.'

Gorffenasent eu gosod yn eu lle cyn i Gruffydd a Huw
Robaits gyrraedd yno.

'Pwy sydd am fy nhretio i i de?' meldai Huw Robaits
yn chwaraeus.

'Ia.' meddai Elin, 'fasa fawr i chi ein tretio ni i gyd, Huw

54

Robaits. Fydda i byth yn cael cropar na dim gan neb rŵan.'

'Dyma un wnaiff ych treio chi, Elin,' meddai Gruffydd Wmffras, wrth weld Esra yn estyn ei ben heibio i'r drws. 'Gin yr hen lancia y mae arian rŵan.'

A bu'r pump yn yfed te a bwyta cig poeth a gwylch am amser hir.

Cyn myned i'r tŷ bwyta, buasai Esra yn cerdded stryd-oedd y Dre yn ddiamcan. Dyna a wnâi bob dydd Sadwrn Ffair Gaeaf. Yr oedd yn ddyn rhy ddi-sgwrs i siarad â fawr neb. Nid oedd ganddo na chyfeillion na chariad Petasai posibl ennill yr olaf heb siarad buasai wedi ceisio ennill y ddynes a welai yn y Dre bob Ffair Gaea. Ni wyddai pwy ydoedd yn iawn. Yr oedd ganddo amcan mai gweini yn rhywle yr ydoedd. Ond unwaith mentrodd daro sgwrs â hi, a'r un fyddai bob amser ar ôl hynny.

'Sut ydach chi heddiw?'

'Da iawn, diolch.'

'Hen ddiwrnod diflas ydi hi, 'ntê?'

'Ia.'

'Fuoch chi yn y ffair?'

'Na fuom i.'

' 'Does yna ddim llawer o ddim byd i weld yna.'

'Nag oes, yn nag oes? Wel, rhaid i mi fynd.'

Ac ni byddai gan Esra byth ddigon o galon i ofyn iddi ddyfod i gael te efo fo neu am dro. Fe'i gwelodd hi eleni eto, a'r un fu'r sgwrs. Ond nid enillodd Esra dd'gon o nerth i ofyn iddi. Erbyn cyrraedd y temprans yr oedd yn ddigon balch na byddai'n rhaid iddo dalu am de neb ond ei de ei hun. Fe gafodd dipyn o fraw pan awgrymodd Gruffydd Wmffras yn chwareus iddo eu tretio i gyd i de.

Yr oedd yn un o'r bobl hynny oedd yn rhy law-agored i fwynhau siarad gwamal ynghylch arian.

*   *   *

Wedi gadael y stesion cerddodd Meri Olwen yn syth at hen siop Huw Wmffras, lle'r oedd i fod i gyfarfod a'i chariad, Tomos Huw. Chwarelwr ydoedd, yn byw wyth milltir o'r fan lle'r oedd hi'n forwyn. Yr oedd yn well gan Meri Olwen fod Tomos Huw yn byw cyn belled â hynny oddi wrthi, oblegid bod ganddi ddelfrydau. Ac un o'r delfrydau hynny ydoedd bod yn well i chwi beidio â gweld eich cariad yn rhy aml — fel y gwnâi rhywun petai'n byw yn yr un pentref. Yr oedd hi'n eneth dda i unrhyw feistres. Gweithiai'n ddidrugaredd rhwng pob dau dwrn caru er mwyn i'r amser fyned heibio'n gyflym, ac am y gwyddai y byddai'n sicr o'i mwynhau ei hun pan ddôi noson garu. Dim ond gwaith a wnâi iddi anghofio'i dyhead am weled Tomos. Ac eto, yr oedd yn sicr yn ei meddwl, pe gwelsai hi Tomos yn aml. yr âi'r dyhead yma'n llai, ac y câi hithau felly lai o bleser pan fyddai yn ei gwmni.

Ar hyd y ffordd yn y trên prin y medrai guddio ei gorawydd am weled Tomos, a phan gerddai ar hyd y Bont Bridd, bron na theimlai'n sâl rhag ofn na byddai Tomos yno.

Oedd, ni 'roedd o yno, yn siarad ac yn lolian efo thair o enethod, a'r rheini'n chwerthin ar dop eu llais a thynnu sylw pawb atynt. Safodd Meri Olwen yn stond. Aeth rhywbeth oer drosti. Yr oedd Tomos yn ei fwynhau ei hun yn aruthrol. Yr oedd yn ceisio dwyn rhyw gerdyn oedd yn llaw un o'r genethod, a hithau'n gwrthod ei roi iddo. Medrodd gael cip arno o'r diwedd, ond nid heb i'r eneth

56

dynnu ynddo lawer gwaith. Chwarddodd Tomos dros y stryd wedi gweled yr hyn oedd ar y cerdyn, ac wrth ei roi'n ôl i'r eneth syrthiodd ei lygaid ar Meri Olwen, a sadiodd ei wep. Gadawodd y genethod yn ddiseremoni, a daeth at Meri.

'Hylo, Meri, sut y mae hi? Mi 'roedd ych trên chi'n fuan oedd o ddim?'

'Ddim cynt nag arfer.'

'I ble cawn ni fynd?'

'Waeth gin i yn y byd i le.'

'Ddowch chi am de rŵan?'

'Na, mi fydd yn well gen i ei gael o eto.'

'Mi awn ni am dro i'r Cei ynta.'

Yr oedd calon Meri Olwen fel darn o rew, a'i thafod wedi glynu yn nhaflod ei genau.

'Rydach chi'n ddistaw iawn heddiw.'

'Mae gofyn i rywun fod yn ddistaw, gin fod rhai yn medru gwneud cimint o dwrw.'

'Pwy sy'n gwneud twrw rŵan?'

'Y chi a'r genod yna gynna.'

'Mae'n rhaid i rywun gael tipyn o sbort weithia — pe tasach chi'n gweld postcard doniol oedd rhywun wedi ei anfon i Jini.'

' 'Toes arna i ddim eisio clywed dim amdano fo.'

'Twt, mi 'rydach chi'n rhy sidêt o lawer.'

'Ydw; drwy drugaredd, 'fedrwn i byth lolian efo hogiau fel yna.'

'O! gwenwyn, mi wela i.'

Ac ni fedrai Meri Olwen ateb dim iddo, oblegid dywedasai'r gwir.

Aeth yn ei blaen, ac yntau'n llusgo ar ei hôl.

'Well i chi fynd yn ôl at ych Jini, â'i jôcs budron.'

Safodd Tomos wedi ei syfrdanu. Ni chlywsai erioed mo Meri Olwen yn siarad fel hyn o'r blaen. Yr oedd hi yn un o'r rhai mwyneiddiaf.

Cerddodd hi ymlaen ac ymlaen. Trawai ei sodlau'n drwm ar y ddaear, ac fe'i cafodd ei hun ymhen yr awr mewn pentref nas adwaenai. Yn y fan honno y dechreuodd oeri. Gymaint yr edrychasai hi ymlaen at y diwrnod hwn ers pythefnos! Nid yn aml y medrai fforddio dyfod i'r Dre. Edrychasai ymlaen nid yn unig at weled Tomos, ond hefyd at gael te gydag ef ym Marshalls, a chael dangos i bobl fel Ben a Linor, oedd newydd briodi, ei bod hithau ar y ffoddd i wneud hynny. Ond yrŵan yr oedd ei delfryd yn deilchion. Cerddodd yn ôl i'r Dre yn araf, a'i chrib wedi ei dorri. Nid aeth i gael te yn unman. Aeth i ystafell aros y stesion i ddisgwyl y trên saith.

* * *

Rhuthrodd Ben Rhisiart allan o'r stesion a rhedeg ar ei union i'r cae cicio. Yr oedd y Dre yn chwarae yn erbyn Caergybi. Yr oedd i fod i gyfarfod â Linor ym Marshalls erbyn amser te. Cerddodd Linor yn araf ar hyd y stryd ac edrych yn ffenestr pob siop. Yr oedd arni flys pob dilledyn crand a welai. Byddai ar fin myned i mewn i brynu blows neu grafat pan gofiai na fedrai eu fforddio. Wedi cyrraedd siop y drygist aeth i mewn yn syth heb ail feddwl, a phrynodd bowdr wyneb a photel sent. Cerddodd ymlaen yn araf wedyn gan ddisgwyl gweled rhai o'i hen ffrindiau. Edrychasai ymlaen at weled rhai ohonynt heddiw; nid bod arni eisiau sgwrsio â hwynt fel hen ffrindiau, ond am fod arni eisiau tynnu dŵr o'u dannedd fel gwraig briod ieuanc. Ond ni welodd yr un ohonynt.

Gwelodd gip ar Tomos Huw yn rhedeg i ddal un o'r moduron ar y Maes â'i wyneb yn goch iawn. Ond ni welodd ef hi — a gresyn hynny, oblegid buasai'n falch pe gwelsai ef hi.

Wedi blino cerdded o gmwpas aeth i Marshalls i eistedd i lawr ac i aros Ben. Teimlai wrth ei bodd yno. Cael cerdded ar garped ac edrych ar fwyd neis a blodau a digon o bobl. Mor wahanol i'r bwyd a arferai ei gael. Nid oedd ei chrwst teisen hi byth yn llwyddiant. Byddai fel hen esgid o wydn. A sut oedd disgwyl iddo fod yn wahanol â'r popty wedi torri? A d'm siawns ei drwsio tra daliai ei mam yng nghyfraith i ddweud ei fod yn iawn; ei fod wedi pobi'n iawn iddi hi felly am yr ugain mlynedd diwethaf. Efallai ei fod yn pobi bara; ond wedyn i beth yr âi neb i bobi bara, a'r car bara'n galw bob dydd? Ond am grwst teisen, ni fedrech brynu hwnnw yn y wlad. Eithr heddiw, beth bynnag, fe gâi deisennau bychain o binc a melyn, crwst fel petai wedi ei chwythu a hufen y tu mewn iddo. O, yr oedd hi'n hapus — ond pan gofiai am ei mam yng nghyfraith. Dyna'r unig ddraenen. Rhiniciai ei geiriau heddiw, cyn iddynt gychwyn, yn ei chlustiau. ' 'Dwn i ddim be sy arnoch chi eisio mynd i'r ffair, wir, a'r byd mor wan. A pheth arall, 'does dim ffair gaea 'rŵan. fel bydda ers talwm. 'Does yna na chaws cartra, na wigs, na theisis cri, na d'm byd felly na neb fel y Bardd Crwst yn canu baledi.' Niwsans oedd ei mam yng nghyfraith, a dweud y gwir, yn sôn am 'ers talwm' o hyd ac yn diarhebu at wastraff yr oes yma. Beth pe gwyddai fod gan ei merch yng nghyfraith bowdr wyneb yn ei bag 'rŵan. A beth pe gwyddai y byddai Ben yn talu rhyw bedwar swllt am de i ddau? Toc fe ddaeth Ben, a chydag ef lawer eraill, nes llenwi'r ystafell bron. Yr oedd yr awyrgylch yn gynnes, a goleuni'r trydan yn disgleirio'n llachar ar y tebotiau aliwminiwm.

Ni fwynhasai Ben lawer arno'i hun yn y cae cicio. Yr oedd yr hen ysbryd tanbaid a fyddai rhwng y Dre 'ma a Chaergybi wedi marw.

Mwynhaodd y ddau eu te.

'Be ydan ni am wneud 'rŵan?' gofynnai Ben.

'Waeth inni ei gorffen hi ddim, a mynd i'r pictiwrs,' meddai Linor.

'Wedi meddwl mynd adra efo'r trên saith yr oeddwn i.'

'Twt, dowch i'r pictiwrs. Ella na fyddwn ni ddim i lawr yrhawg eto.'

Ac felly y cytunwyd.

*   *   *

Nid oedd John yn fodlon iawn bod nain Sam wedi pinio'r olaf wrth ei lewys ef am brynhawn cyfan. Yr oedd gan John ei syniadau ei hun am dreulio diwrnod mewn ffair. Hanner y difyrrwch oedd cael bod yno ar ei ben ei hun, heb neb i ymyrryd dim ag ef, a medru profi ei wybodaeth o ddaearyddiaeth lle oedd yn hollol anadnabyddus iddo ychydig flynyddoedd yn ôl. Ond yn awr yr oedd yn rhaid iddo edrych ar ôl Sam, ac yr oedd hwnnw'n rhy fychan i fedru edmygu gwybodaeth helaeth John o strydoedd y Dre. Aeth y ddau yn wysg eu trwynau nes cyrraedd y Macs. Nid oedd dim byd yn newydd yn y fan honno i John. Yr unig wahaniaeth rhyngddo a rhyw Sadwrn arall oedd bod yno stondin pwl-awê, ac am honno yr anelai. Ond yr oedd ar Sam eisiau sefyll wrth y stondin lestri i gael gweld y dyn yn hitio a lluchio'r platiau ac eto heb eu torri.

'Mae arna i eisio prynu plât i fynd adra i mam,' meddai Sam.

'Well iti fynd ag injian roc iddi o lawer,' meddai John; 'mae gynni hi ddigon o blatia.' Er ei holl wybodaeth, ni wyddai John yn iawn sut i gynnig mewn ocsiwn.

'Yli di,' meddai wrth Sam wrth y stondin pwl-awê, 'tria di 'nelu at y darn mwya acw.'

A thynnodd Sam geiniog boeth, chwyslyd, o ganol dyrnaid o geiniogau a'i rhoi i'r ddynes. Gwan iawn oedd plwc Sam, a disgynnodd y bêl wrth ddarn main, tenau o injian roc. Treiodd John, a chafodd ddarn tew. Mynnai Sam dreio wedyn wrth weld lwc John, ond un main a gafodd y tro hwnnw.

'Tyd odd'ma,' meddai John, 'neu mi wari dy arian i gyd, ac mi fydd yn rhaid inni gael chips cyn mynd adra.'

Aethant i'r Cei, a mynnai Sam gael bwyta'i injian roc y munud hwnnw.

'Cad o, was, neu 'fydd gin ti ddim i fynd adra i dy fam.'

Ond ni wrandawodd Sam.

'Hon ydi'r siop ora yn y dre am chips' meddai John, wedi cyrraedd siop yn Stryd ———.

Rhoes Sam i eistedd wrth fwrdd yno fel petai gartref, a thynnodd ei gap.

'Be s'arnoch chi eisio?' meddai'r eneth a weinyddai.

'Gwerth tair o chips i mi, a dwy iddo fo,' meddai John.

'Na; mae ara i eisio gwerth tair,' meddai Sam, a dechreuodd strancio.

'O, o'r gora,' meddai John. 'Cofia di na adewi di ddim un ar ôl.'

Yr oedd Sam yn tuchan ymhell cyn gorffen ei werth tair, a dechreuodd lorio. Ymhen tipyn daeth rhywbeth rhyfedd ar lygaid John. Edrychai ar Sam, a gwelai ei wyneb yn wyrdd.

'Be sy arnat ti?' meddai wrth Sam.

'Pwys gloesi,' meddai hwnnw.

Ac ar y gair dyna Sam yn taflu i fyny.

'O! 'r cnafon bach difannars,' meddai'r forwyn pan ddaeth yno.

' 'Toedd gynno fo ddim help, wir,' meddai John, a Sam yn crio'i hochr hi erbyn hyn.

'Hitia befo; mi awn i chwilio am dy Nain,' meddai John.

Ac fe gawsant hyd iddi fel y deuai allan o'r tŷ bwyta ym Mhen Deits.

Aeth John i fwynhau gweddill ei ddiwrnod fel y dymunai a gallasech ei weld ymhen tipyn yn syllu ar y cwningod a'r adar yn Llofft yr Hôl.

*   *   *

Rhyw griw bach digon diynni a heliodd at ei gilydd i gyfarfod â'r trên saith. Edrychai Lydia Gruffydd Wmffras yn eithaf hapus; Meri Olwen yn druenus, a Sam yn llwyd a distaw. Chwibanai John wrth y stondin lyfrau. Yr oedd Esra'n ddyn hollol wahanol. Cawsai dri pheint ar ôl i'r tafarnau ail-agor. Dyma'i unig foeth mewn blwyddyn o amser. Daeth at y lleill dan fwmian canu, a'i het ar ei wegil a'i wyneb yn chwys.

'Hylo'r hen gariad; lle mae dy garmon di ar noson Ffair Gaea?' meddai wrth Meri Olwen.

Gafaelodd Esra yn ei phen a'i droi tuag ato. Wrth weled Esra, y dyn mud, mor siaradus, a gweld yr olwg rhyfedd arno, dechreuodd Meri Olwen chwerthin yn aflywodraethus.

'Oes gin ti gariad?' meddai Esra. Ar hynny daeth y trên i mewn. Rhuthrodd pawb am le.

Ac yn y rhuthr gafaelodd Esa ym Meri Olwen, a thynnodd hi i gerbyd gwahanol i'r lleill.

Yn y tŷ darluniau byw, clertiai Ben a Linor ar ei gilydd wedi ymgolli'n llwyr mewn llun a ddangosai fywyd nos New York, merched heirdd mewn dillad costus yn yfed diodydd da welodd Ben na Linor erioed eu henwau, a dynion cariadus yn syllu i fyw eu llygaid.

Ni chofient fod trên mewn bod.

Y Condemniedig

Efô a ofynodd i'r doctor, ac erbyn hyn yr oedd yn edifar ganddo. Ni wyddai beth a wnaeth iddo ofyn a mynnu cael gwybod. Nid gwroldeb yn sicr, oblegid carai fywyd ac ofnai farw. Yr oedd arno ofn diddimdra marw. Pan ddywedodd y doctor ei fod yn cael mynd o'r ysbyty ymhen deng niwrnod ar ôl mynd yno, trwy ryw reddf groes, am fod arno ofn cael gwybod y gwaethaf. pwysodd Dafydd Pari arno i gael gwybod pam. Pan glywodd fod ei achos yn anobeithiol, fod y tyfiant o'r tu mewn iddo wedi myned yn rhy ddrwg — pe cawsai'r doctor afael arno ddwy flynedd yn gynt — fe gerddodd rhyw deimlad diddim i lawr ei gorff o'i ben i'w draed. Pan ddaeth ato'i hun, gresynai na chawsai farw yn y teimlad hwnnw.

Yr arwydd cyntaf a ddaeth iddo wedyn oedd cael mynd adref at Laura. Y syndod oedd iddo fedru meddwl o gwbl. Sut yr oedd yn medru anadlu? Sut yr oedd yn medru cerdded na dim wedi clywed y fath newydd? Sut y medrodd gysgu'r noson honno? Ac eto, fe gysgodd. Yr oedd ei daith adref drannoeth yn waeth na hunllef; yr oedd yn nes i wallgofrwydd. Mor wahanol i'r daith i Lerpwl ddeng niwrnod cyn hynny! Yr oedd ganddo obaith y pryd hwnnw, er bod ofn arno. Un elfen o bleser oedd yn ei daith yn ôl. Adre yr oedd yn mynd, ac nid oddi

64

cartre. Y wanc am gyrraedd gartref a'i gyrrai bron yn wallgo pan arhosai'r trên am amser hir mewn stesion. Tybiai fod ei ymennydd wedi cymysgu, ond y byddai'n iawn eto wedi cyrraedd gartref at Laura, Ia, bron na ddywedai y byddai popeth fel cynt, y byddai ef ei hun yn union yr un fath, heb y wybodaeth a gafodd gan y doctor. Dyna'n hollol y teimlad a gafodd pan glywodd y newydd, rhywbeth yn ei lenwi a'i lethu. Byddai'n teimlo'n rhydd, braf, wedi cyrraedd gartref. a chanddo'r un gobaith ag oedd ganddo gynt, a'r ymweliad â Lerpwl y dedfryd y doctor yn ddim ond breuddwyd.

Yn y cyfamser, buasai Laura hithau yn gweled eu doctor hwy eu hunain. Cawsai hwnnw ddedfryd y doctor o Lerpwl, ac er mwyn dangos ei glyfrwch i Laura, dywedodd wrthi'n blwmp nad oedd wella i'w gŵr, a bod barn y *specialist* yn hollol yr un fath â'i farn yntau. Effeithiodd y newydd ar Larau'n wahanol i'w gŵr. Aeth hi'n ystyfnig, ac ymwylltiodd, a dywedodd ynddi ei hun mai ychydig iawn oedd gallu doctoriaid, ac unwaith y câi hi Dafydd i'w gafael y mendiai *hi* o.

Pan welodd Dafydd, nid oedd mor sicr. Tybiai y gallai'r doctor fod yn iawn. Ond buan yr aeth y teimlad yna i ffwrdd. Erbyn bore trannoeth, un ai fe wellaodd Dafydd ychydig yn ei olwg, neu fe ledrithiwyd ei wraig i feddwl mai fel yna'r oedd cyn myned i ffwrdd. Fe gafodd hi, beth bynnag, y gred eto'n ôl mai bodau ffaeledig yw doctoriaid, ac fe droes hynny'n obaith iddi hi ei hun. yr unig beth a'i cadwodd i fyned ymlaen fel cynt a derbyn bywyd yn ei ansicrwydd.

Daeth Dafydd adref fel dyn euog yn dyfod o'r carchar. Nid oedd arno eisiau gweld neb, ac nid oedd arno eisiau i neb ei weld yntau. Edrychai cegin Bron Eithin fel y byddai ar ddydd Sul weithiau, neu ar ddiwrnod cynhebrwng rhywun, pan ddisgwylid pobl ddieithr i de, y llestri gorau ar y bwrdd, a rhyw daclusrwydd Sabothol ar bopeth, er mai dydd Mercher ydoedd; a Laura yn ei blows orau a'i barclod gwyn fel petai hi'n gweini wrth ben bwrdd mewn Cyfarfod Misol. Nid i Fron Eithin nos Fercher y daeth Dafydd Parri, ond i ryw Fron Eithin ddieithr.

Bore trannoeth, sŵn ei ddau fab yn siarad yn ddistaw gyda'u mam wrth fwyta eu brecwast a'i deffroes. Ni fedrai ddiffinio ei deimlad. Peth croes iawn oedd hyn, oblegid byddai ef yn nes i'r chwarel nag i'w dŷ pan fwytâi'r hogiau eu brecwast. Eto yr oedd yn braf cael bod gartref a deffro'n hamddenol, yn hytrach na bod yn yr ysbyty, lle deffroid dyn yn sydyn o gwsg braf am hanner awr wedi pump. Wedi i'r hogiau gychwyn, ac i sŵn heglu'r llusgwyr olaf ymhlith y chwarelwyr ddarfod ar y ffordd, brathodd Laura ei phen heibio i ddrws y siamber.

'Ydach chi'n effro?' ebr hi. 'Mi fûm i yma o'r blaen ond 'roeddach chi'n cysgu'r adeg honno. Ddaru chi gysgu'n o lew?'

'Do, reit dda,' meddai yntau, ac yn falch o gael dweud hynny wrth Laura ac nid wrth y nyrs.

'Mi ddo' i â phaned o de ichi 'rŵan,' meddai hi'n llawen; a chyn pen dim yr oedd hi'n ôl â phaned o de a brechdan grasu ar hambwrdd. Arhosodd yno tra fu'n bwyta.

'Oes blas arno?' meddai hi.

'Mae o'n dda iawn,' meddai yntau, gan edrych allan drwy'r ffenestr i'r cae. Ac fe fwynhaodd ei frecwast yn fawr.

Y diwrnod cyntaf hwn wedi dyfod adre, teimlai ar hyd y dydd nad oedd ddim neilltuol wedi digwydd, a'i fod yntau gartref megis ar ddydd Sul, ond bod pawb arall yn gweithio. Yr oedd yn falch o gael bod gartref gyda Laura, yn lle bod yng nghaethiwed yr ysbyty. Y diwrnod hwn, yr oedd fel carcharor y diwrnod cyntaf wedi dyfod allan o'r carchar, yn falch o'i ryddid, a heb fedru edrych i'r dyfodol o lawenydd bod yn rhydd. Yr oedd y doctor yn Lerpwl a'i ddedfryd ymhell ac yn bethau disylwedd. Yr oedd popeth yn iawn wedi cael dyfod i Fron Eithin ac at Laura.

Ond wedi diwrnod neu ddau fe ddaeth Dafydd Parri yn ôl ato'i hun, y Dafydd Parri a oedd yn bod pan weithiai bob dydd yn y chwarel, cyn myned ohono i'r ysbyty, a dechreuodd wingo, os gwingo y gellir galw anfodlonrwydd dyn sâl. Cyn myned i Lerpwl teimlai'n bur gryf, er bod ganddo boenau. Yr oedd yn wannach erbyn hyn ac yr oedd ei anfodlonrwydd yn fwy o hiraeth nag o wingo.

Yr oedd yn galed arno orfod aros yn ei wely, a gwrando ar ei gyfeillion yn myned i'r chwarel. Clywai hwynt yn dringo'r allt heibio i dalcen ei dŷ, gyda'u cerdded ad trwm, araf, a sŵn isel y bore glas. Clywai hwynt drachefn gyda'r nos gyda'u cerdded cyflym, mesuredig, a'u lleisiau uchel, llawen. Yn nyddiau chwarel, byddai'r drafodaeth heb ei gorffen yn aml pan drôi at ei liart oddi wrth ei gydweithwyr, ond peth caled oedd cael eich gadael allan o'r drafodaeth yn gyfan gwbl. Hiraethai am sgwrs efo'r hogiau yn y caban awr ginio. Jac Bach yn sôn am ei gŵn, a Dafydd Bengwar am ei ganeris.. Difyrraf gan Dafydd oedd clywed Wil Elis, oedd yn dipyn o borthmon, yn dweud hanesion y gallech fentro dweud am eu hanner eu bod yn gelwyddau. Ond dim ods; yr oedd celwyddau rhai pobl yn fwy diddorol na gwir pobl eraill. Ac yn y chwarel y câi bob newydd, gwir a chelwydd, am bobl. Ceid mwy o 'straeon' am bobl yn y chwarel nag yn y tŷ.

Yn awr yr oedd yn rhaid i Dafydd Parri droi ei draed yn y tŷ ac nid yn y chwarel. Aeth ei fyd yn gyfyng ac yn newydd. Tŷ iddo ef o'r blaen oedd tŷ ar ôl gorffen diwrnod o waith, tŷ yn gynnes gan ddigwyddiadau diwrnod. Nid adwaenai ef, ag eithrio ar brynhawn Sadwrn a dydd Sul, ond fel lle i chwi ddychwelyd ar ôl diwrnod o waith i eistedd i lawr a bwyta ynddo a darllen papur newydd wrth y tân. Ac yr oedd tŷ felly'n wahanol i'r tŷ yr oedd yn rhaid iddo'i adnabod yn awr — tŷ yn myned trwy'r gwahanol gyflyrau yr â tŷ trwyddo o bump y bore hyd ddeg y nos.

Deffrôi yn y bore â blas drwg ar ei enau gan amlaf. Clywai Laura'n chwythu'r tân, ac fel arfer yn y bore ebychiadau'r fegin yn hir ac y llawn. Clywai aroglau'r ffagl rug a ddefnyddid i gynnau'r tân, a gallai ddychmygu'r mwg gwyn, meddai, yn mynd i fyny'n dew trwy'r simnai. Toc, clywai Laura'n symud y tecell, a chlywai ef yn dechrau canu'n fuan wedyn, a hithau'n dyfod â chwpanaid o de a thamaid o frechdan iddo. Symudai lenni'r ffenestr, a byddai ar frys yn y bore felly. Gadawai ddrws y siamber yn agored, a gallai glywed yr hogiau'n siarad wrth fwyta eu brecwast. Gallai weled ychydig o'r gegin hefyd, ac wrth edrych arni dros erchwyn y gwely edrychai'n groes fel petai ef yn gweled mewn drych. Tua naw, wedi gorffen gyda'r gwartheg a'r moch, deuai Laura â sgotyn te bîff iddo, a byddai ganddi amser i eistedd ac ymdroi gydag ef y pryd hwnnw. Codai dipyn cyn cinio, a byddai carreg yr aelwyd newydd ei golchi, ac ymyl y llechen i'w weld yn sychu'n llinellau. Byddai Laura'n gofalu cael aelwyd gysurus iddo bob dydd erbyn iddo godi.

Ymolchai Dafydd yn hamddenol a gofalus wrth godi. Yr oedd ganddo arferiad o roi'r lliain sychu rhwng ei fysedd, a sylwai fod ei ddwylo'n myned yn lanach y naill ddydd ar ôl y llall, a bod y sêm o lwydni llwch chwarel yn diflannu oddi rhwng ei fysedd.

Ambell ddiwrnod byddai Laura wrthi'n pobi pan godai, a hoffai yntau weled y bara'n codi yn y padelli haearn wrth y twll-dan-popty, a goleuni'r tân fel y deuai o'r twll yn taro ar y toes ac yn gwneuthur hanner cylch o oleuni arno, ac ambell golsyn poeth yn syrthio arno weithiau ac yn ei sefrio.

Byddai'r awyrgylch yn newid erbyn y prynhawn. Byddai'r tŷ i gyd yn lân, a byddai mwy o brysurdeb i'w deimlo yn yr awyr. Âi tawelwch y bore heibio, ac er mai tawelwch gwlad oedd yno, eto gellid teimlo mwy o sŵn yno hyd yn oed yn y prynhawn. Crefai Laura arno fyned am dro o gwmpas y caeau neu hyd y lôn. Ni byddai arno byth eisiau mynd.

'Ewch; mi wnaiff les i chi,' meddai Laura, a chredai hi hynny.

Fe âi yntau o dow i dow wedi taflu hen gôt dros ei war, fel y gwnâi wrth ddyfod o'r chwarel, a'i chau efo phin sach. Edrychai Laura ar ei ôl, a gweled un ysgwydd iddo'n codi'n uwch na'r llall oblegid y gôt, ac âi i'r tŷ dan ochneidio. Ni byddai ganddo ef fawr o bleser i fynd am dro. Eisteddai ar bentwr cerrig mewn cornel cae o dan ddraenen i gysgodi rhag awel fain mis Ebrill, a gadawai i'r haul ddisgyn ar ei wyneb. Am y clawdd ag ef clywai'r fuwch yn pori'r gwair yn sych a chwta, a ffroenochi bob yn ail, a deuai aroglau ei ffroenau gwylb drwy'r clawdd.

Rhoddai gwahanol gonglau caeau wahanol deimladau iddo. Gwnaent hynny bob amser. Heb ddim rheswm mwy

69

na'i gilydd rhôi ambell gae y felan iddo, a chodai'r lleill
ei galon. Ni wyddai pam. Yn wir nid oedd reswm pam,
dim ond ei dymer feddwl ef, ond bod y dymer honno'r un
fath bob amser yn yr un cae. Osgôi'r caeau hynny'n awr.
Yr oedd y ddaear yn galed a di-liw. Cerrig yn gymysg â
lympiau o ddail sych hyd-ddi. Byddai'n rhaid i rywun hel
y cerrig, ond nid y fo. Er cased gwaith ydoedd, buasai'n
dda ganddo gael gwneud eleni. Nid âi byth am dro i'r lôn
os medrai beidio. Yr oedd pobl yn y fan honno, ac mae
pobl yn holi cwestiynau nad oes ar ddyn sâl eisiau eu hateb.

Yn y tŷ gyda Laura yr hoffai fod. Ymhen tipyn aeth y
tŷ a Laura'n rhan hanfodol ohono, fel yr oedd y chwarel
gynt. Rhoes orau i holi ei feibion am hynt y chwarel. Pan
ddôi ei gyfeillion yno i edrych amdano, rhôi sôn am y
chwarel ormod o boen iddo ar y cychwyn. Ond yn raddol
aeth ei ddiddordeb yn llai ynddi, a pheidiodd â holi. Daeth
i gynefino â bod gartref.

Daeth i feddwl mwy am Laura. Tybed a wyddai hi
ddedfryd y doctor? Nid oedd arno eisiau gofyn iddi, rhag
ofn iddi drwy ryw arwydd fradychu'r ffaith ei bod yn
gwybod. Buasai clywed y ddedfryd am yr ail dro ac yn ei
gartref ei hun yn ormod iddo. Buasai'n gorfod mynd trwy'r
un teimlad ag yr aeth drwyddo y tro cyntaf pan glywodd,
ac yr oedd yn rhy lwfr i hynny. Ni theimlai mewn unrhyw
ffordd yn y byd ynghylch dedfryd y doctor erbyn hyn.
Gwisgasai cynhyrfiad y foment honno i ffwrdd, ac ni theim-
lai'n ddigon sâl ar hyn o bryd i ail-fyw trwy'r foment honno
nac i feddwl am ei ddiwedd. Yr oedd pleser mewn bywyd
fel yr oedd yn awr. Cael cwpanaid o de efo Laura tua
thri o'r gloch, ac ar ddiwrnod pobi cael teisen does a
chyrraints ynddi yn boeth. Dywedasai'r doctor y câi fwyta
unrhyw beth.

Tybed faint a wyddai Laura? Edrychai fel pe na wyddai ddim. Âi o gwmpas ei gwaith yn llawen fel arfer, a siaradai am bethau'r ffarm a phethau'r ardal gydag ef. Weithiau daliai hi'n edrych ar ei wyneb ac ar ei lygaid rhyngddi a'r golau, fel petai hi'n edrych ar ei liw. Daeth Laura'n nes ato ac i olygu mwy iddo nag y gwnaeth ers eu dyddiau caru. Yr oedd hi'n hogan dlws y pryd hynny, efo'i gwallt cyrliog gwinau, a wir, cariai ei hoed yn dda iawn rŵan, er ei bod yn bymtheg a deugain, yr un oed ag yntau. Cofiai am yr adeg y gwelodd hi gyntaf, ddiwrnod ffair Glanmai, pan newidiai hi ei lle, a phan oedd yntau gyda'i dad yn y dre yn gwerthu buwch. Cofiai fel y gwirionodd amdani nes addawodd ei briodi. Âi i'w gweled bob cyfle a gâi, a gwelai hi ymhobman o flaen ei lygad drwy'r dydd Wedi priodi, aeth y tyddyn a threfnu byw â'u bryd yn gyfan gwbl, ac yn unol ag arferiad pobl wledig yn aml, tybient nad oedd eisiau dangos cariad ar ôl priodi. Byw yr oedd pobl ar ôl priodi, ac nid caru. Byddai hi ac yntau'n ffraeo weithiau, a chan nad oeddynt yn bobl nwydus deuent yn ffrindiau'n ôl mewn dull di-stŵr, didaro, drwy sôn am y moch neu'r gwartheg, ac nid eid yn ôl at achos eu ffrae. Ni byddai yno le nac amser byth, rywsut i siarad yn gariadus. Byddai gwaith yn y caeau ar ôl dyfod o'r chwarel yn y gwanwyn a'r haf, a byddai cyfarfodydd diddiwedd yn y capel yn y gaeaf, ac nid oedd amser i ddim ond i ddarllen papur newydd.

Rŵan, yr oedd yn edifar gan Dafydd na roesai fwy o amser i sgwrsio efo Laura. Gymaint gwell fuasai erbyn hyn; buasai'r hynawsedd hwnnw'n aros iddi ar ei ôl, yn rhywbeth i'w gofio. Wrth edrych yn ôl ar eu bywyd, beth oedd ganddynt? Dim ond rhyw fywyd oer, didaro, a chyrraedd uchafbwynt pleser pan geid pen mis go dda.

Ni ddoent yn nes at ei gilydd pan geid cyflog bach. Yn wir, gwnâi mis gwan hwy'n ddisiarad ac yn ddidaro. Yr oedd am wneud iawn am y gorffennol rŵan. Yr oedd am fwynhau bywyd gartref fel hyn efo Laura, am fynd am dro rownd Sir Fôn efo motor eu dau. Ni chwydrasant fawr erioed ar ôl priodi. Disgwyl amser gwell o hyd, a gadael i fywyd fyned heibio heb weled y byd. Oedd, yr oedd hi'n braf yn y tŷ efo Laura. Carai edrych arni; gwyddai 'rŵan yr hyn na wyddai o'r blaen, faint o fotymau oedd ar ei bodis, beth oedd patrwm ei hances frethyn, sawl pleten oedd yn ei barclod. Piti na châi fod fel hyn am byth. Eithr dechreuodd sylweddoli hyn, pan ddechreuodd ei boenau gynyddu. Ni allai fwynhau ei fwyd cystal; nid oedd gymaint pleser o edrych ar y bara'n codi wrth y tân, nac o glywed eu haroglau wrth grasu. Pan oedd ar fin colli peth, dechreuodd ei fwynhau. Gwelai Ha' Bach Mihangel ei salwch yn llithro oddi wrtho. Methodd godi erbyn cinio, a daeth arno hiraeth am y garreg aelwyd. Codai weithiau at gyda'r nos er mwyn medru cysgu'n well. Cynyddai'r poenau. Ni fedrai gymryd sylw o bethau o'i gwmpas. Deuai'r doctor yno'n amlach, a rhôi gyffuriau iddo i leddfu ei boenau. Âi yntau i gysgu, a byddai'n sâl a digalon ar ôl deffro. Âi i lesmair weithiau. Anghofiai bethau o'i gwmpas. Beth o'r ods oedd ganddo am y doctor o Lerpwl erbyn hyn? Ei salwch oedd yn bwysig, nid dedfryd y doctor. Nid oedd a wnelo'r ddedfryd ddim â'i salwch ef. Yr oedd ganddo ddigon i'w wneud i feddwl am ei salwch heb feddwl am yr hyn a ddywedodd y doctor yn yr ysbyty wrtho. Eisiau cael gwared o d'pyn bach o'r poenau er mwyn cael sgwrsio efo Laura oedd arno. Yr oedd hi wrth ei wely bob cyfle a gâi. Câi ambell ddiwrnod gwell weithiau, a chodai yn y prynhawn, ond ni

fwynhâi ei de. Eithr ymhen tipyn fe aeth na fedrai godi
o gwbl, ac ni adawai Laura ef ond pan gysgai.

A'r diwrnod cynhaeaf gwair hwnnw ym mis Gorffennaf
yr oedd yn wael iawn. Oddi allan yr oedd cymdogion yn
cario'i wair, ac yntau'n rhy wael i gymryd unrhyw
ddiddordeb yn hynny. Nid oedd waeth ganddo eleni pa
un ai tas fawr ai tas fechan a gâi, pa un ai da ai sâl y
gwair. Yr oedd yn ymwybodol o fynd a dyfod pobl yn ôl
a blaen i'r tŷ i gael bwyd. Yr oedd yn fwy effro nag arfer,
ac yr oedd arno fwy o eisiau Laura. Yr oedd hithau yno
cyn amled ag y medrai, yn rhedeg yn ôl a blaen o hyd
oddi wrth y bwrdd bwyd at y gwely. Yr oedd arno eisiau
siarad hefo hi, eisiau sôn am eu dyddiau caru, pan aent
am dro hyd y Ffordd Wen a gweld nythod cornchwiglod
yn nhyllau'r mynydd. Yr oedd arno eisiau sôn am y tro
y gwelodd hi gyntaf yn y ffair, a hithau'n ddigalon am ei
bod yn newid lle. Mor hapus oedd y dyddiau hynny pan
gaent wasgu ei gilydd yn dynn wrth ddychwelyd o Gyfar-
fod Llenyddol y Graig! Gymaint o hwyl a gaent wrth
ddychwelyd o Gyfarfod Pregethu, ag yntau wedi bod ar
dân o eisiau i'r pregethwr orffen, â'i gael ei hun yn edrych
yn amlach ar Laura nag ar y pregethwr! Yr oedd arno
eisiau dweud y pethau yma wrthi i gyd. Pam na ddywedasai
hwynt wrthi y prynhawniau hynny pan gaent de bach
efo'i gilydd? Paham yr oedd ei swildod yn lleihau fel y
gwanhâi ei gorff; Y tro nesaf y deuai Laura i'r siamber fe
fynnai ddweud wrthi.

Pan ddaeth, yr oedd y pryd olaf drosodd, a thawelwch
yn y tŷ. Ni allent glywed dim o'r sŵn oedd yn y gadlas
tu ôl i'r tŷ. Deuai aroglau gwair i mewn i'r siamber drwy'r
ffenestr. Yr oedd aroglau salwch ar y gwely, a blas

an-hyfryd ar enau Dafydd. Yr oedd ar ei led-orwedd a chlustogau tu ôl iddo. Daeth Laura yno.

'Gymrwch chi damaid bach o rywbeth i fwyta?' meddai hi. 'Mae pawb wedi clirio o'r tŷ 'rŵan.'

'Na,' meddai yntau, 'fedra' i fwyta dim rŵan.' Ac meddai wedyn: 'Gwanio 'rydw i, weldi.'

Ond wedi dweud hynyna, sylwodd ar Laura, a gwelodd ôl crio mawr ar ei hwyneb blinedig. Edrychodd arni.

'Laura,' meddai, 'beth sydd?'

'Dim,' meddai hithau, gan droi ochr ei hwyneb tuag ato.

Gafaelodd ynddi a throdd hi ato, ac yn ei threm fe welodd y wybodaeth a roes y doctor iddo yntau. Aeth ei frawddegau i ffwrdd. Ni allai gofio dim oedd arno eisiau ei ddweud wrthi, ond fe afaelodd ynddi, ac fe'i gwasgodd ato, a theimlai hithau ei ddagrau poethion ef yn rhedeg hyd ei boch.

Gorymdaith

Wedi gorffen botymu ei chôt, edrychodd Bronwen ar ei thraed. Yna troes ei phen dros ei hysgwydd i edrych a oedd twll yn ei hosan, a chododd ei sawdl i edrych am ba hyd y daliai ei hesgid heb ei sodli. Yna edrychodd ar y lle a wisgai'n denau o gwmpas poced ei chôt. Gwnâi hyn i gyd yn agwedd un yn ymwybodol o'i thlodi ac eisiau bod yn dwt arni.

Ar gadair galed ar yr aelwyd eisteddai Idris ei gŵr, â'i ben i lawr, yn edrych i'r tân fel y bydd dynion sydd wedi pwdu wrth yr holl fyd. Yr oedd hynny i'w weled yn ei lepen ac yn ei osgo. Wrth siarad â'i wraig cyfarchai'r llecyn lle safai neu'r lle tân, ond nid y hi.

Cychwyn i gerdded gyda'r Ffrynt Unedig yn erbyn y Praw Moddion yr oedd Bronwen, ei gŵr wedi pallu dyfod. Daliai ei gobaith hi o hyd. Tyfasai ef drwyddo hyd surni. Nid oedd y ddau ddim ond pump ar hugain oed, ac ni welsant ddimai o gyflog er pan briodasant. Mewn cegin dan-ddaear yr oeddynt yn byw, cegin a fuasai unwaith yn perthyn i'r tŷ uwchben, a phantri'r gegin oedd eu hystafell wely. Am hyn talent chwe swllt yr wythnos o rent. Yr oedd Bronwen yn bryderus wrth ddweud hyn a ddywedai bob amser wrth adael y tŷ.

'Wel, 'rw'in mynd, 'te.'

'Wyt, ginta; 'rwyt ti'n ddigon twp i fynd i wrando ar y ffylied. 'Rw'i'n gweud taw ffrôd yw'r blydi lot ohenyn nhw a 'rwyt ti'n bradu d'amser a dy sgitshe i fynd i wrando ar shwd sothach. United Front! United myn yffar i! Mi fasen' yn lico torri gwddwg i giddyl bob un. Dishgwl di fel mae'r Blaid Lafur yn dryched lawr i trwyne ar y Comiwnistied, a'r rheini wetny'n cyhuddo'r Blaid Lafur o werthu jobs am arian, a 'tasen' nhw'n cael hanner siawns i werthu job i hunen, mi wnelen'. Lot o les wnaiff dy gered ti weda i. A dim iws iti ddod 'nôl yma gyda phen tost wedi gwrando ar i sgrechan nhw.'

Cododd gan ddweud y frawddeg olaf. Tynhaodd felt y trywsus llwyd a oedd yn rhy fawr iddo ac a ddisgynnai dros ei esgidiau. Rhoes ail sgrytiad iddo'i hun, troes ar ei sawdl ac aeth heibio i'r cyrten i'r ystafell nesaf, a gorweddodd ar y gwely.

Safodd Bronwen gan edrych arno. Bu agos iddi dynnu ei chôt ac aros gartref. Ond wrth feddwl am dreulio prynhawn Sul yn y twll hwn, cafodd ei gobaith ail hwb. Edrychodd ar ei gŵr yn gorwedd yn y twll du di-ffenestr a elwid yn ystafell wely. Gorweddai'n dorch fel cath ar ben tas wair, ac iddi hi yr oedd y tro yn ei gefn yn fynegiant o'i holl surni a'i chwerwedd yn erbyn bywyd i gyd. Troes hithau ar ei sawdl a cherddodd allan, ac fel y pellâi oddi wrth ei gŵr codai ei chalon. Wrth fyned heibio i'r tomenni lludw a'r annibendod yn yr heol gefn cynyddai ei gobaith, ac erbyn iddi gyrraedd yr heol fawr â'i thai mwy a glanach teimlai'n ddiysgog yn ei gobaith yn y Ffrynt Unedig.

Diwrnod cynnes, tawel yn nechrau Hydref ydoedd, a'i ddylanwad ar galonnau dynion megis dylanwad dydd o Wanwyn. Cerddai llawer eraill o'i blaen ar eu ffordd i'r un man, a gobeithiai beidio â'u dal er mwyn iddi gael creu breuddwydion am ei dyfodol hi ac Idris; gwaith, cyflog, dillad gwell tŷ fel y rhai hyn yr âi heibio iddynt yn awr, plant. Ymhen tipyn cyrhaeddodd grib y bryn a wahanai'r Cwm Du Bychan oddi wrth y Cwm Du Mawr. Rhoes ei phwysau ar y wal i edrych ar y ddau gwm — y rhesi tai wedi eu gosod fel catrodau o filwyr ar hyd ochrau'r bryniau, a'u ffenestri yng ngoleuni'r haul yn edrych fel botymau gloyw, yr afon rhyngddynt fel ffos gul. Pe traddodasid y wybodaeth iddi gan ei theulu neu gan ei hysgol fe wybuasai mai yn y fan yma y safodd ei hen dadcu a'i hen famgu ddeng mlynedd a thrigain ynghynt, i gael yr olwg gyntaf ar y lle a fu'n gartref iddynt hwy a'u plant weddill eu hoes. Yno y safasant, wedi teithio mewn cert o Sir Gaerfyrddin, eu dodrefn a'u plant yn gorwedd dan sachau yn y gert, a hwythau'n cael yr olwg gyntaf ar dir yr addewid, y clywsent gymaint amdano wrth fyw mewn tlodi fel gweision a morynion ffermydd. Ni wyddai Bronwen, wrth anwesu ei gobeithion ei hun yn awr, ddim am obeithion ei hynafiaid ar drothwy eu byd newydd hwy. Ni wyddai ddim am eu hiraeth, eu llawenydd a'u profedigaethau diweddarach, neu fe allai gymysgu ei breuddwydion am ei dyfodol ei hun â rhai'r gorffennol. Y cwbl a wyddai ydoedd fod ei rhieni hi ei hun wedi cael amser gwell nag a gâi hi'n awr. Methai weld pam na ddeuai amseroedd gwell eto, ac yn sicr, yn ei meddwl hi, yr oedd protestio fel hyn yn erbyn anghyfiawnder y Praw Moddion yn sicr o arwain i rywle. Ni allai pethau fod fel hyn am byth.

Ail gychwynnodd, a cherddodd yn ysgafn heibio i dai heb arwyddion tlodi ynddynt. Methai beidio ag edrych i mewn iddynt a rhythu ar ddrych y *sideboards* a adlewyrchai'r llestri arian er eu byrddau. Fe gâi hithau rai felly rywdro. Trôi ei llygaid weithiau i'r coed a amgylchynai blas y goruchwyliwr. Yr hyn a'i trawai fwyaf oedd lliwiau'r coed ac nid y plas. Nid eiddigeddai wrth y goruchwyliwr oblegid ei dŷ mawr. Yr oedd mewn lle rhy unig, ac ni fedrai hi, a faged yng nghynhesrwydd cymdogol y Cwm Du feddwl am fyw ar wahân felly. Chwyrlïent a throellent i'r cornelau wrth droi i brif heol y cwm arall.

Wedi cyrraedd y cae o'r lle yr oedd yr orymdaith i fod i gychwyn gwelodd dyrfa na welsai erioed ei maint. Dychmygai fod holl boblogaeth y Cwm yno, yn ddynion, gwragedd, plant, a chŵn. Yr oedd fel môr yn symud, a'r siarad fel ei su undonog, ond bod chwerthin yr ieuainc diofal yn torri weithiau ar ei draws. Ymhen tipyn, aeth nifer o ddynion i ben gambo, a dechreuodd un ohonynt annerch y dorf. Aeth ias i lawr cefn Bronwen, yr ias honno sy'n fynegiant o rywbeth na ellir ei ddiffinio, pan fo dyn yn gweld torf fawr yn crogi wrth eiriau un gŵr. Yr oedd gan y dyn hwn frest gaeth, ac yr oedd straen ofnadwy ar ei gorff wrth annerch y dyrfa. Deuai ei eiriau megis o waelod ei berfedd a gŵyrai a chodai yntau ei freichiau fel petai hynny'n help i godi'r geiriau i fyny. Bob hyn a hyn deuai tuchanfa o waelod ei fol yng nghynffon gair. Safai uwchben y dyrfa, ac anerchai hi fel petai'n dad iddi. Yfai pawb ei eiriau.

Nid oedd golwg mor dadol ar y siaradwr nesaf, na chymaint o greithiau ar ei wyneb. Ond rhedai ffrwd ei eiriau'n ddi-dor. Rhedent dros ben Bronwen hefyd. Ni wyddai beth oedd ganddo i'w ddweud, ond mae'n amlwg fod pawb yn meddwl bod iaith y duwiau ar ei wefusau. Yr unig air a lynodd yn ei chof oedd y gair *proletariat*, ac ni wyddai ystyr hwnnw.

Ffurfiodd y dorf yn orymdaith, ac ymwthiodd o'r cae i'r heol. Fe'i cafodd Bronwen ei hun yn cerdded ochr yn

ochr â nifer o ferched tewion, diddannedd, hŷn na hi o
lawer. Yr oedd un peth yn gyffredin iddynt — dillad tlawd.
Eithr gallai'r merched hyn chwerthin yn braf. Efallai bod
eu gwŷr yn fwy bodlon na'i gŵr hi, neu efallai nad oedd
iddynt wŷr. Crychodd ei thalcen wrth gofio am Idris a'r
tro ystyfnig yn ei gefn. Anghofiodd ef wrth glywed tramp
y traed ar yr heol galed. Cafodd ias o bleser eto wrth weled
y dyrfa fawr yn cerdded mor unol yn ei phenderfyniad yn
erbyn y peth anweledig hwnnw a oedd yn gyfrifol am eu
holl dlodi — y Llywodraeth. Piti na welai'r Llywodraeth y
dorf hon. Credai y caent yr hyn a geisient, a rhagor. Fe
agorid yr hen byllau yma eto, ac fe gâi hithau dŷ fel ei
mam o leiaf. Aent heibio i dai cyffelyb yn awr, ond eu bod
yn llwytach nag y bu tŷ ei mam erioed. A dyma'r selerydd
eto fel ei thŷ hi. Troes ei dig am funud oddi wrth y Llywod-
raeth at y dyn a osodai'r selerydd yn eu rhes hwy. Nid
oedd ef yn y dyrfa hon, mae'n siŵr. Wrth feddwl fel hyn,
fe roes gic yn ddiarwybod i sodlau'r dyn a gerddai o'i
blaen. Fe'i sadiodd ei hun yn ôl, a thynnwyd ei sylw oddi
wrth amcan yr orymdaith at yr orymdaith ei hun. Yr oedd
gan y dyn a giciwyd ganddi draed mawr a drôi allan, un
i'r dwyrain a'r lall i'r gorllewin. Wrth ei weled felly,
dechreuodd chwerthin ynddi ei hun. Yn wir yr oedd
amryw bobl ddigrif yn yr orymdaith erbyn edrych o
gwmpas. Yr oedd y merched yn yr un rhes â hi yno i gael
hwyl, mae'n amlwg. Edrychai rhai eraill, yn y rhes o'i
blaen, fel pe baent o ddifrif, a'u bod, fel hithau, yn rhoi
eu gobaith ar ganlyniadau'r orymdaith. Edrychai un
ohonynt yn ddifrifol iawn, ac ni siaradai air â neb arall.
Yr oedd ganddi well dillad na'r lleill. Pletiai ei gwefusau'n
dynn, a cherddai'n rhodresgar gan b'go lle i roi ei thraed
ar y ddaear. Yr oedd hyn yn ddigrif iawn i'r merched yn

rhes Bronwen. Gwaent hwyl am ben ei cherdded, ac aent yn uniongyrchol oddi wrth hynny at hanes y wraig ym mhwyllgorau merched y blaid wleidyddol y perthynai iddi. Yn ôl meddwl Bronwen ni buasent yn chwerthin am ben ei dull o gerdded onibai fod ganddynt asgwrn i'w grafu â hi am ei hymddygiad yn rhywle arall; neu paham y chwarddent am ei phen hi ac nid am ben y dyn? Rhyfedd y bydoedd na wyddai hi ddim amdanynt, byd pwyllgorau er enghraifft.

Erbyn hyn âi'r haul i lawr yn isel ar y gorwel, ac yr oedd un ochr i'r cwm yn ddu yn eu gysgod ei hun. Dechreuodd oeri, a daeth eisiau bwyd ar Bronwen. Gwynegai ei thraed, a theimlai'r ochr allan i sawdl ei hesgid yn troi fwyfwy. Cydymdeimlai'n fawr â'r dyn â'r traed mawr erbyn hyn, oblegid mae'n amlwg y câi drafferth i gerdded, a chiciai hithau ef yn amlach. Siaradai'r merched doniol lai. Yn y distawrwydd, clywai wanc ei newyn ei hun yn cadw sŵn yn ei hochr. Fel y lleihâi'r siarad âi sŵn cerdded y dorf fel sŵn defaid yn cerdded ar ffordd galed. Dalient i fyned ymlaen, ac erbyn hyn yr oedd y rhan gyntaf wedi croesi pont yr afon ac yn cerdded yn ôl ar yr ochr arall o'r cwm, onid oedd y dorf ar ffurf U.

Edrychai'r dorf ei hun yn beth digrif i Bronwen yn awr, ac yn dd'galon yn ei digrifwch. Meddyliai pe gwelai'r Llywodraeth hwynt yn awr mai chwerthin am eu pennau a wnaent. Wedi'r cyfan, i ba beth y cerddent?

Pan oedd ei rhes hi o fewn decllath i'r bont, daliwyd ei sylw gan wraig a oedd mewn rhes a gerddai'r munud hwnnw ar y bont ac felly o flaen ei golwg. Nis gwelsai cyn hynny. Yr oedd gan y wraig hon gôt ffwr gostus amdani. Rhoes hyn ergyd i Bronwen, a dyma ddechrau gan y wraig nesaf ati.

'Wel, y nefoedd fawr! 'shgwliwch arni hi yn i ffyr-côt. Mae honna wedi costio ceiniog a dime, ellwch chi fentro.'

'Do, mae rhwpath gwell an chroen cath yn honna,' meddai'r llall.

Syrthiodd calon Bronwen yn is, a phan ddeallodd oddi wrth ymgom y lle'll mai gwraig Aelod Seneddol a wisgai'r gôt ffwr, disgynnodd ei chalon fel pendil cloc pan dorro ei lein.

Yr oedd arni frys i adael yr orymdaith, a gwnaeth hynny pan gafodd gyfle. Nid edrychai ymlaen at fynd adref chwaith. Gwyddai beth o deimladau Idris erbyn hyn. Ond ni allai oddef meddwl am ei wawdiaith pan gyrhaeddai, a'r golwg a ddywedai 'Mi wedes i wrthot ti.'

Ond yr oedd yn rhaid mynd. Yr oedd bron cwympo o eisiau bwyd. Mae'n siŵr na byddai tân yn y grât, a dim ond bara menyn oedd ganddi i de. Eithr buasai blas ar hwnnw pe diweddasai'r orymdaith megis y dechreuodd, a phe gallasai adrodd wrth Idris am y brwdfrydedd a'r huodledd. Beth pe dywedasai wrtho am y gôt ffwr! Byddai min dwbwl ar ei watwareg. Gresyn bod ei gŵr yn chwerwi mor enbyd. Gwyddai mai ei gefn a welai gyntaf wedi agor y drws ac ni fedrai oddef cofio am ystyr yr osgo honno. Rhwng ofn a gwendid a lludded, gollyngai ei choesau hi erbyn cyrraedd clwyd yr ardd. Yr oedd yn dda ganddi ei bod yn dechrau tywyllu.

Na'n wir, nid oedd Idris yn ei wely. Gallai ei weled drwy'r ffenestr yn eistedd wrth y tân. Aeth i mewn fel ci wedi bod yn lladd defaid. Gwelai l'ain glân ar y ford, a llestri te a phot jam. Yr oedd tân bychan coch wedi ei grynhoi at ei gilydd yn y grât, ac Idris yn crasu tafell o fara ar flaen fforch wrtho. Troes ei lygaid oddi wrth y tôst ac edrych i wyneb ei wraig. Ac nid oedd y llygaid hynny yn ddidosturi.

Plant

I

Meddyliai Daniel, 'Bydd yn rhaid imi godi 'rŵan; dau funud eto nes bydd Rhys wedi cau ei fotymau.' Rhyw hanner gweld Rhys yr ydoedd, oblegid yr oedd y daflod bron yn dywyll; yr unig oleuni a gâi ei frawd i wisgo amdano oedd hynny a ddeuai i fyny oddi wrth dân mawn a golau cannwyll o'r gegin. Yr oedd Rhys yn hanner cysgu wrth gau ei ddillad. Rhôi hynny fwy o amser i Daniel fwynhau ei wely. Tua phump o'r gloch y bore ydoedd, ar fore tywyll ym mis Rhagfyr 186-. Cyn i Rhys godi, yr oedd trwyn Daniel wrth y pared bron, a'r pared yn y fan honno yn cyfarfod â'r seilin. Câi fwy o le i'w gorff ymestyn wedi i'w frawd godi, a mwy o awyr uwch ei ben. Ond dyna'i frawd yn cychwyn i lawr yr ysgol yn araf, a'i fam yn galw mewn sibrwd uchel, 'Daniel, wyt ti'n codi?'

Rhoes yntau un tro moethus ar y gwely peiswyn cyn ufuddhau. Yna camu i'r llawr yn gysglyd a rhoi ei draed yn ei drywsus melfaréd, ac edrych i lawr i'r gegin fel y gwnaethai ei frawd. Yr oedd dau frawd llai nag ef yn cysgu yn y gwely yn y daflod, ac eiddigeddai Daniel wrthynt. Nid oedd yn rhaid iddynt hwy gychwyn am y chwarel. Troes ei wyneb at yr ysgol i'w cherdded; nid oedd erioed wedi gallu mentro ei cherdded a'i gefn ati fel Rhys.

Ymunodd â'i dad a Rhys i fwyta'i frecwast o fara llefrith, a fwytaent oddi ar fwrdd wedi ei sgwrio'n wyn a heb liain. Cerddai'r fam o gwmpas yn brysur yn snyffio'r gannwyll, yn rhoi 'menyn ar fara ceirch a bara haidd iddynt ei fwyta ar ôl y brwas, yn codi'r bara llaeth o'r crochan i'w piseri chwarel. Bara tywyll oedd yn y bara llaeth hefyd a safai'n lympiau digon anghynnes ar ei ben. Ni siaradai neb lawer ar foreau tywyll; yr oedd trymder cysglyd ar bawb, a'r nos wedi bod yn rhy hir i neb gofio llawer am ddigwyddiadau'r noson cynt. Nid oedd digwydd-iadau'r noson honno wedi bod yn ddigon cyffrous i neb siarad amdanynt — cyfarfod gweddi i ddyrnaid bach yn y capel, a Daniel wedi gorfod aros gartref i warchod y plant lleiaf. Buasai hynny'n anniddorol, gan nad oedd gan y plant nac yntau ddigon o wybodaeth o'r llythrennau i fedru cael mwyniant o ddarllen. Nid oedd ond deg oed ac yn gweithio ers blwyddyn.

Wrth i'r fam wibio'n brysur o gwmpas, y hi oedd y fywiocaf ohonynt, yr oedd Daniel yn ymwybodol o'i thaldra. Teimlai ei bod fel twr uwchben ei fychandra ef, ac yn ei ofn wrth gychwyn i'r chwarel ar fore Llun tywyll fel hyn, edrychai ar ei fam fel noddfa y gallai redeg ati, a gofyn a gâi aros gartref os byddai raid. Yr oedd yn gasach ganddo ef a Rhys gychwyn i'r chwarel ar fore Llun nag ar fore arall; dyna oedd eu sgwrs y noson cynt cyn myned i gysgu. Ond cytunai'r ddau bod mynd i'r chwarel yn well na mynd i'r ysgol. Buasai Daniel yn yr ysgol am ddarnau o ddwy flynedd, yn byw mewn rhyfel beunydd â'r sgŵl. Eto fe hoffai fyned i'r chwarel efo Rhys, a ymddangosai fel dyn iddo ef, er nad oedd ond rhyw ddwy flynedd yn hŷn. Edmygai ef am nad oedd arno ofn mynd i lawr y twll i weithio, ac am y medrai weithio cerrig.

Lapiodd ei fam grafatiau'r bechgyn yn dynnach am eu gyddfau, a chychwynnodd y tri yn y man gyda'u piseri, a'u tad yn cario'r llusern gorn yn y canol. Cerddai'r tri dros lwybr trol i gychwyn, ac yna ar hyd llwybrau defaid. Yr oedd yn rhy dywyll iddynt fedru gweled fawr mwy nag amlinelliad o gloddiau'r mynydd a'r bythynnod. Taflai'r llusern olau gwan i byllau'r fawnog a oedd megis un gwastadedd iddynt allan o olau'r llusern. Taflai olau hefyd ar eu clocsiau a godre eu trywsusau, nes gwneud i Daniel feddwl mai dyma'r unig ran ohono a oedd yn bod, ac mai rhywun arall oedd y rhan uchaf o'i gorff. Yr oedd yn deimlad rhyfedd. Yna fe'i câi ei hun tu allan i gylch y golau yn methu dilyn ei dad a'i frawd, a rhôi wib bach o redeg i'w dal. Unwaith, wedi ei orchfygu gan eisiau cysgu, syrthiodd ar ei hyd wedi baglu ar draws twmpath. Cododd Rhys ef ar ei draed, a gwnaeth y tad i'r ddau gerdded o'i flaen weddill y tair milltir i'r chwarel.

Aent heibio i fythynnod bychain megis tai dol, a'u muriau'n bochio allan at y godre. Deuai goleuni gwan allan o'u ffenestri, a rhywun yn dyfod allan gan gau'r drws yn ddistaw a'i biser a'i lusern yn ei law.

Wedi awr o gerdded daethant i gyffiniau'r chwarel. Ni ellid gweled y twll nes bod wrth ei ymyl. Yr oedd y wawr yn dechrau torri ac allan o'r llwydni maith daeth ffurfiau gwrthrychau yn amlycach. Codai'r niwl yn araf ysgafn oddi ar gopa'r mynydd. Gwnâi i Daniel feddwl am y lluniau angylion yn codi i'r nefoedd yn y Beibl Mawr.

Aeth Rhys a'i dad i lawr yr ysgol i'r twll, y tad i saethu'r graig, a Daniel i weithio yn ei wal. Yn ei wal yn y sied y gweithiai Daniel y cerrig a gâi wrth rybela.

Rywdro yn ystod y bore, pan oedd pawp yn y sied wrthi'n brysur, daeth sŵn, distaw i gychwyn, a wnaeth i'r rhai hynaf godi eu pennau i ymwrando ar unwaith. Cyn iddynt allu mynegi'r hyn a âi drwy eu meddyliau i neb, cynyddodd y sŵn ddigon i'r ieuengaf yno wybod ei ystyr, ac ymhen eiliad arall yr oedd pawb allan o'r sied wrth ben y twll i weled y cwymp ofnadwy yn disgyn, y dynion fel corachod yn rhedeg rhagddo am eu heinioes ac yn gweiddi; ac ambell un ar ei gyfyng gyngor yn methu gwybod a âi'n ôl i geisio achub rhywun neu rywrai na allodd ddianc mewn pryd. Rhedasai Daniel fel wiwer i ben y twll, ond cydiodd rhywun ynddo ef a'r hogiau eraill a'u troi yn eu holau i'r sied. Rhedai pobl o gwmpas i bobman a rhyw un dyn yn gweiddi, 'Dowch i fan-ma, hogia bach; peidiwch â mynd i olwg y twll.' Gadawodd hwynt ar hynny, a rhedodd allan. Crynhôdd y twr bechgyn i gornel, a swatio yno. Sylweddolodd Daniel yr hyn na wnaeth pan oedd wrth ben y twll — mai yn y rhan honno o'r chwarel y gwe'thiai Rhys. Aeth yn sâl, ac nid oedd gan y bechgyn eraill ddim i'w wneud ond gofyn 'Be' sy, Daniel?' Yr oedd yntau'n ymwybodol eu bod yno, yn bell oddi wrtho, a daeth llais rhywun hŷn yno ymhen sbel a galw amdano, a gwnaed llei hwnnw fyned â Daniel allan.

Yr oedd digwyddiadau'r oriau nesaf fel rhuthr mewn breuddwyd iddo; ei gario i dŷ dieithr a dywedyd wrtho'n dyner fod ei frawd a dyn arall dan gladd, pobl yn garedig wrtho, pobl, pobl yn mynd a dyfod o hyd — ni wyddai Daniel fod cymaint o bobl yn y byd — ac yntau'n eistedd mewn cadair wrth y tân, wedi syrffedu ar wrthod y bwyd a gynigid iddo bob munud, ac eisiau mynd adref arno.

Cafodd fyned ym min tywyllnos, ac wedi cael caniatâd, yr oedd ofn arno a'r ofn yn cynyddu wrth ddynesu at ddrws ei gartref. Yr oedd llond pob man o bobl yn y fan honno, fel yr oedd yn anodd pigo'i rieni allan: Chwiliodd am ei fam, ac fe'i gwelodd yn eistedd yn y gadair hanner cylch wrth y tân a'i llygaid wedi chwyddo gan grio. Y peth mwyaf a drawodd Daniel yn ei chylch oedd ei bod yn edrych mor fychan. Edrychai wyneb ei dad fel petai rhywun wedi cymryd pensel ddu a'i thynnu o dan ei lygaid a gwneud i'w foch godi. Pan welodd y fam Daniel ailddechreuodd grio wedyn, ond tynnodd stôl deirtroed oddi tan y bwrdd a'i gosod wrth ei hymyl ac amneidio arno eistedd arni. Rhoes ei llaw ar ei ben, a theimlodd yntau'n well.

Aeth i'w wely pan oedd y tŷ'n ddistaw, a'i dad a'i fam a'i ewythr yn eistedd wrth y tân. Tynnodd oddi amdano fel yr ymwisgodd y bore, a'i wyneb at y llawr ac edrych ar ochr wynebau ei rieni yn edrych i'r tân, a chefn ei ewythr yn plygu ymlaen i'r un cyfeiriad.

Penliniodd i ddweud ei bader, ond cododd pan oedd ar ei hanner am fod yngan geiriau yn ormod iddo, ac aeth i'w le yn ei wely, ei drwyn wrth y pared a'i ben bron yn taro yn y seilin. Gwibiai digwyddiadau'r diwrnod drwy ei ben y naill un ar ôl y llall, a phob tro y deuai at y sŵn cyntaf hwnnw a glywodd yn y sied cronnai ei wynt ac ni fedrai fyned ymlaen; torrai i grio ac ochneidio.

Meddyliai am Rhys yn gorwedd o dan y cwymp mawr hwnnw 'rŵan, hwythau gartref. Daeth cryndod drosto. Yr oedd ei gefn yn oer heb ei gywely. Troes ei wyneb at y lle gwag. Methodd ddal. Cododd. Yr oedd ei rieni a'i ewythr yn dal i eistedd yn yr un agwedd o hyd, yn syllu ac yn plygu i'r tân yn ddelwau llonydd, a thipiadau'r cloc derw'n atsain yn drwm ac yn undonog. Yr oedd arno eisiau mynd i lawr i grefu arnynt fynd i godi'r gladd oddi ar Rhys. Ond teimlai fel petai'n gladd ar ei frest ef ei hun ac ni fedrai ddweud dim.

Troes ei ben at y gwely arall lle cysgai ei ddau frawd. Aeth i'r gwely atynt gan swatio'n gynnes y tu ôl iddynt.

II

Yr un bore yr oedd Margiad, ddeg oed, wedi codi i gychwyn ei meistr at ei waith i'r chwarel. Cawsai drafferth i ddeffro ac ymwisgo yn y tywyllwch, ond wedi codi, yr oedd yn llances i gyd o gael y fraint o baratoi bwyd i'w meistr, oblegid yr oedd yn ddyn mor glên a charedig, yn rhoi tair ceiniog iddi hi bob noson dâl. Ac yr oedd ei hynawsedd a'i dymer dda bob amser yn ddigon o dâl iddi am ymladd efo chwsg ar ôl clywed cnoc ei meistress. Rhôi hyder iddi, a gwnâi iddi deimlo'n hŷn nag ydoedd. Wedi iddynt orffen eu te a'u brechdan haidd (caent hwy ambell gwpanaid o de ar ddiwrnod o'r wythnos yn ogystal ag ar y Sul) troes ef ei gadair at y tân i gael mygyn. Yr oedd hithau'n brysur efo'i biser a'i lusern, ac yntau'n ei phryfocio ynghylch rhoi ei lusern ar dân unwaith.

'Wel, rhaid imi ei throi am y glofa* yna,' meddai yntau, gan roi ei getyn ar y pentan.

'Dyma'ch crafat glân chi, mistar,' meddai hithau, gan estyn crafat plod coch a du iddo.

Cododd yntau o dan y simnai fawr, yn balat dwylath o ddyn glandeg. Rhoes y crafat am ei wddf, hen gap am ei ben, a hen gôt drosto. Wedi mynd i'r drws, trodd yn ei ôl. 'Margiad,' meddai, 'cofia edrach ar ôl Dafydd tra bydd dy feistres yn y dre. Tendia rhag iddo fo syrthio i'r tân, a watsia nad aif o ddim yn agos i'r afon.'

* *Clofa* y galwai'r hen bobl chwarel — o *cloddfa*, mae'n debyg.

'Mi edrycha' i ar ei ôl, mistar,' meddai hithau, a mynd i'r drws a dal i edrych arno'n myned i lawr llwybr yr ardd. Gadawodd y drws yn agored nes iddo gyrraedd y gwaelod. Wrth iddo droi i gau'r llidiart cododd y llusern at ei ben i ganu'n iach â hi, a gwelai hithau gylch ei wyneb yn llwyd yn y goleuni cyn iddo droi i ffwrdd.

Yr oedd yn rhaid iddi frysio 'rŵan. Byddai'r dyn yno cyn gynted ag y dyddiai i 'nôl y mochyn tew. Mae'n wir bod dwy awr tan hynny. Ond erbyn golchi'r llestri, gwisgo am Dafydd, a gwneud bwyd i'w meistres ac yntau, ni byddai ganddi ddim wrth gefn. Ac felly 'r oedd hi.

Edrychai Margiad â llygaid edmygol ar ei meistres yn cychwyn tu ôl i'r mochyn tew. Yr oedd hi'n grand iawn ym meddwl yr eneth, yn gwisgo sgert a bodis o stwff cartre llwyd, a chôt ddu gwta gydag ymyl o gyrlin cloth iddi, a het ddu a phluen grand o lwyd a phiws ynddi. Edrychai'n hapus hefyd. Yr oedd golwg pwyso'n dda ar y mochyn.

Wedi iddi fynd troes Margiad o ddifrif at ei gwaith. Codi lludw'r tân mawn, twtio'r lle tân, golchi'r aelwyd a charreg y drws, sgwrio'r bwrdd mawr a'r bwrdd bwyta efo thywod a rhoi tywod hyd y llawr, cweirio'r gwlâu, a thynnu llwch. Gadawodd i Dafydd boitsio efo'r cadach llawr er mwyn iddi gael rysio yn lle gorfod dandlwn iddo bob munud. Yr oedd hi ac yntau i fyned i lawr i dŷ mam ei meistres i gael eu prydau bwyd. Edrychai Margiad ymlaen at hynny; yr oedd cystal â diwrnod yn Ffair y Bont iddi hi. Cadwai Gwen Owen, mam ei meistres, siop, a gwyddai y câi gig moch i ginio. Ond yr oedd yn rhaid iddi gael gweld y tŷ'n disgleirio cyn cychwyn. Yr oedd am roi rhwbiad caletach nag arfer i'r dodrefn heddiw. Safai chest-an-drôr dal rhwng drysau'r ddwy siamber. Yr oedd yn rhy uchel iddi fedru ei glanhau'n drwyadl bob dydd.

Heddiw safodd ar ben cadair er mwyn medru gwneud ei thop yn iawn. Tynnodd yr holl lestri oedd arni, a thynnu eu llwch yn ofalus. Pan roes hi hwy'n ôl yr oedd eu hadlewyrch yn wyneb y gist.

Yna cymerodd gadach gwlanen i sychu wyneb Dafydd, a rhoi brat a siôl lân iddo. Ymolchodd ei hunan, a rhoes frat glân amdani. Nid oedd llawer o wahaniaeth rhwng ei dillad hi a dillad y babi dwyflwydd. Ffrog rad o 'stwff Lloegr' oedd gan y ddau, a bratiau gleision heb fawr o doriad nac addurn arnynt, dim ond twll gwddw a thwll braich ac incil i dynnu'r gwddw at ei gilydd. Rhoes dywarchen o fawn ar y tân, a chlodd y drws.

Yna cychwynnodd y ddau, gan deimlo'n berffaith hapus, ac eisiau bwyd braf ar Margiad erbyn hyn. Yn ei hapusrwydd trôi'r agoriad o gwmpas ei bys, a rhoi rhyw naid oedd yn hanner step dawns wrth fyned i lawr y ffordd. a gwnâi'r plentyn yr un fath.

Pan oeddynt yng ngolwg tŷ nain Dafydd gwelent ddyn yn ei ddillad chwarel yn dyfod o gyfeiriad y siop ac yn rhedeg tuag atynt. Yr oedd golwg ryfedd arno, a'i wyneb yn wyn gan ddychryn. Cipiodd yr agoriad oddi ar fys Margiad heb ddweud dim, a rhedodd gydag ef nerth ei draed i gyfeiriad eu tŷ hwy. Safodd Margiad yn stond a throi i edrych ar ei ôl, ac edrych yn syn ar y bys lle buasai'r agoriad. Ond cyn iddi gael ystyried pa un ai lleidr ai dyn gwallgof ydoedd y dyn, gwelai rywun yn rhedeg allan o'r siop ac yn codi ei llaw arni. Chwaer ei meistres ydoedd, ac wrth weled Margiad yn petruso rhedodd ati a chipiodd Dafydd ar ei braich a rhedeg yn ôl.

'Dowch ar unwaith,' meddai wrth Margiad.

Wedi mynd i'r siop a thrwodd i'r gegin gwelai Margiad Gwen Owen yn crio ac ochneidio yn y gegin, a chyn pen dim yr oedd yno lot o ferched yn rhuthro o gwmpas ac yn siarad drwy ei gilydd; ac allan o'r siarad fe ddeallodd Margiad fod eisiau i rywun fyned i'r dref ar unwaith i beri i'w meistres ddyfod adref. Yr oedd golwg ryfedd ar bawb; ni chymerai neb sylw ohoni, ddim hyd yn oed Gwen Owen, a oedd yn garedig wrthi bob amser. Y peth nesaf a ddaeth allan o'r dyryswch ydoedd bod rhywbeth wedi digwydd i'w meistr. Gwelai 'rŵan paham y cymerodd y dyn y 'goriad o'i llaw.

Fe aeth y byd yn un rhuthr o fynd a dwad a rhedeg o hynny hyd y prynhawn. a hithau a Dafydd yn ei ganol yn ddisylw. Aeth Dafydd i grio, ac aeth y gwaith o'i gadw'n ddistaw â'i bryd. Yr unig ffordd o wneud hynny oedd ei lenwi â brechdanau. Yr oedd arni eisiau bwyd mawr ei hunan. ond yr oedd arni ofn cymryd brechdan mewn tŷ dieithr. Yr oedd arni hefyd ofn gofyn i neb beth a ddigwyddodd i'w meistr, oblegid gallai modryb y babi fod yn bigog.

Tua phedwar y prynhawn daeth Gwen Owen yn ôl o dŷ ei merch. Erbyn hyn cliriasai'r bobl, a daeth Margiad i wybod bod ei meistr wedi ei ladd yn y chwarel y bore hwnnw. Yr oeddynt wedi cael ei gorff ef ac wedi dyfod ag ef adref, ond ni chawsid corff bachgen deuddeg oed a ddaliwyd gan y cwymp. Derbyniodd Margiad y newydd yn dawel, oblegid gwyddai ynddi ei hun yr holl amser i rywbeth ofnadwy ddigwydd i'w meistr.

Yr oedd Gwen Owen wedi tawelu erbyn hyn hefyd, a dywedodd fod yn rhaid iddynt gael bwyd. Cynorthwyodd Margiad hi i'w hwylio yn awyddus, a daeth y ferch o'r siop i helpu hefyd. Am funud anghofiodd Margiad y

trychineb wrth feddwl am gael ei diwallu. Rhywsut neu'i
gilydd fe aeth yn benysgafn wrth gario'r gist de ar y
bwrdd, a syrthiodd honno nes oedd y te i gyd hyd lawr.

'Sut buost ti mor flêr, a the yn beth mor ddrud?'
meddai'r ferch.

'Taw mewn munud,' meddai'r fam. ' 'Does neb wedi
meddwl rhoi tamaid na llymaid iddi drwy'r dydd. Hita
befo, 'ngeneth i.'

Aeth Margiad i grio wrth glywed y geiriau hyn, ac yr
oedd yn falch o gyfle i fwrw allan beth o'i thrueni. Ni
fwynhaodd y pryd bwyd; nid oedd yn llenwi'r gwegni yn
ei stumog.

Aeth i dŷ ei mam i gysgu'r noson honno, a medrodd
anghofio peth o'i thrueni a chysgu heb ofn efo dwy o'i
chwiorydd llai. Ni chafodd ei meddyliau siawns i aros yn
hir gyda'r trychineb: fe aeth cwsg yn drech na hwynt,
diolch i'w blinder.

Bore trannoeth yn gynnar, cychwynnodd am ei lle. Yr
oedd arni ofn mynd at y tŷ — ofn dieithrwch yr amgylch-
iadau. Edrychai'r bwthyn yn drist efo'r llenni i lawr a'i
ddrws yng nghaead. Rhyfedd y gwahaniaeth a wnaeth
pedair awr ar hugain.

Y peth cyntaf a'i trawodd wedi myned i'r tŷ oedd gweld
top y chest-an-drôr yn wag. Nid oedd dim un o'r llestri a
lanhaodd ddoe arni. Yr oedd hyn yn benbleth iddi ond
cofiodd fod ei meistr yn ddyn tal iawn. Eisteddai ei meistres
wrth y tân yn welw mewn siôl ddu. a rhedodd Dafydd i
gyfarfod â hi. Yr oedd cymdoges yno hefyd, a gofynnodd
y wraig hon i Margiad fyned i 'nôl pwced i olchi llawr
y siambr ffrynt. Dychrynodd, oblegid y tu ôl i ddrws y
siambr acw yr oedd rhywbeth nad oedd arni hi eisiau ei

92

weld. Nid corff ei meistr yn unig ydoedd. Yr oedd Angau yno hefyd, ac ni ddaeth i gyffyrddiad ag ef o'r blaen.

Modd bynnag, ymwrolodd. Gwnaeth sŵn gyda'r tecell wrth dywallt y dŵr poeth i'r bwced, ac ymaith â hi at ddrws y siambr fel bwled. Wedi agor y glicied, caeodd ei llygaid i wneud ei gwaith. A mwyaf yn y byd y ceisiai beidio ag edrych, mwyaf yn y byd y tynnid ei golwg at y ffurf lonydd a orweddai o dan gynfas ar yr ystyllen rhwng dwy gadair yn y fan honno. Cofiai am ei wyneb yng ngolau'r llusern y bore cynt. Edrychodd ar y llawr. Yr oedd pwll o waed dugoch o dan y corff, a'i ymylon wedi ceulo. Dyna paham y gofynnwyd iddi olchi llawer y siambr. Rhoes y cadach yn y dŵr, ond y funud nesaf yr oedd yn syrthio dros y bwced mewn gwasgfa.

* * *

Ymhen rhyw ddeng mlynedd wedyn âi Margiad a Daniel dros hanes y trychineb ar eu haelwyd eu hunain, a llawer gwaith wedyn yr adroddwyd ef wrth eu plant.

93